偵探已經，死了。
二語十
[皿]うみぼう
2
U0028737

Contents

繪圖●うみぼうず

【序章】

我做了個夢。

那是極漫長、極漫長，宛如童話故事般的夢境。

在距離地表一萬公尺的高空上，我邂逅了一位少女，那之後的三年上演了無數令人眼花撩亂的冒險活劇。

在新加坡，我們一邊在海灘和賭場遊樂，一邊尋找祕寶。

在紐約，我們只是想欣賞音樂劇卻被捲入了恐怖攻擊。

在水都威尼斯，我們跟搭船走水路逃跑的大怪盜上演了一場華麗的追逐戰。

其他還包括，徒步縱貫沙漠，穿過叢林，越過山脈，橫渡大海——總之我們兩人遊遍了世界各地。

終於在倫敦，我們遭遇了一名大惡徒。

旅程終點正是敵人的根據地。

勇敢擋在那巨大邪惡面前的，正是我搭檔的那位少女。

我雖然只是在後頭目睹那幅光景，但視野卻突如其來發生扭曲，外界的聲音也變得越來越遙遠。

我焦急地試圖大喊，然而卻無法成聲。

啊啊，這一定只是場夢，一場最糟糕的惡夢不會錯。

我的腦袋明明可以理解這點，但不知為何內心的恐懼就是無法抹去。

就在我手足無措的時候，敵人巨大的刀刃已高高舉起。

再這樣下去，我那位搭檔的少女就要被擊中了。

我竭力喊叫她的名字，不過果然還是無法成聲。

在絕望當中——少女卻略微轉過身。

她正訴說些什麼，想把什麼傳達給我。

然而，我聽不見她的聲音。

我拚死想讀取她的脣語，但卻因視野模糊而看不清楚。

然後下一瞬間，少女的臉龐沾染了鮮血。

她已經，死了。

只不過……只不過有一點我是確定的。

在臨死之際，那位搭檔的女孩子望著我露出寂寞的笑容。

我做了，這樣一個夢。

「你是名偵探嗎？」

將我拖出夢中世界的，是這番突如其來的臺詞。

放學後，在暮色低垂的教室。

我似乎不知不覺睡著了，直到被某個人喚醒。

揉著惺忪的睡眼，我抬起臉仰望。

那是一位陌生的同年級少女。

那之後，我莫名其妙被她揪起領口，還遭受了毫無道理的脅迫。一如往常，我那種容易被捲入事件的體質似乎依然沒治好。

「啊啊，對喔。我懂了，**你是想被緊緊抱住吧**。」

不久後，她代我說出我連想也沒想過的臺詞，並將我擁入她的懷中。

棉花糖般的柔軟以及香水般的甘美氣味，讓我的神魂為之蕩漾。

接著，我聽到了**她的心臟**鼓動。

撲通、撲通。

撲通、撲通。

就像這樣。不知為何，我對這心跳聲感到十分懷念。覺得不可思議的同時，我向眼前這位少女請教芳名。

接著我得知了她的名字是——

「……嗯？」

頓時，一股甘美的香氣以及碰觸臉頰的彈性促使我甦醒過來。

看來，我應該是做了個**雙重夢**。

房間昏暗，四周的情況也看不清楚。不過，方才在夢中感受到的柔軟觸感與香氣都還在。所以說，那究竟是什麼？

「哇啊啊啊啊啊啊啊！」

伴隨著尖叫聲，一陣銳利的疼痛竄過我臉頰。真不講理啊……

「唔，妳搞什麼鬼啊——夏凪。」

我瞪著恐怕就是揍人嫌犯的那位少女。

「那是我的臺詞吧！不要一醒來就馬上理所當然地揉起同年級女生的胸部！」

「當初我們剛見面時，就是妳自己把胸部湊到我臉上讓我揉的吧？」

「唔，我不是說過了嗎？那並不是出自我的個人意志！」

正在鬼吼鬼叫的這人是夏凪渚——跟我就讀同一所高中的同年級女生，而且還是位《名偵探》。

因接下某個委託而成為我們結識的契機——那之後我們又被捲入了好幾個事件。過程中，她當偵探，我當助手，變成一對歡喜冤家。是說，我並不記得我們已經發展到同床共枕的關係啊……

「等等，這是哪裡？」

夏凪東張西望地環視四周。我們所躺的是一片冰冷的水泥地板。似乎不只是我，就連夏凪對這裡也絲毫沒有印象。

「……這裡是，哪裡啊？」

直到現在我才試圖回溯記憶。為什麼我一醒來就發現自己躺在夏凪旁邊睡覺？現在是幾點了這裡又是哪裡？昨天，我究竟發生了什麼事……

「嗯～從剛才你們兩位就好吵呀～」

咚——感覺自己的膝蓋被什麼東西壓住了。

「這個說話聲……是齋川嗎？」

我不記得有給她一丁點可以枕在我膝蓋上的許可……不過先不管那個了，聲音的確是她的沒錯。

齋川唯——日本的頂級偶像，也是夏凪跟我的第一位委託客戶。自從順利解決她的麻煩後，我們就能像這樣輕鬆交談了……然而。

「齋川，為什麼連妳也跑來這？」

「咦~是指我跟君塚先生一起睡的理由嗎？這種問題，應該問我嗎？」

「不要故意用這種容易讓人誤會的說話方式……呃，總不會是我把妳帶來的吧？」

「慢著，這究竟是怎麼回事？你把小唯一塊抓來，還把我推倒在堅硬的地板上，綑綁我，然後……唔！」

「夏凪，妳在最後面混入了自己的願望吧。我才沒有綑綁妳咧。」

在這種地獄般的光景中，我連思考這裡是何處都覺得麻煩無比——而且就在這時。

「要玩可不可以等之後再說，君塚。」

一個冰冷而不悅的聲音響起。尤其是那種針對我的強烈敵意，我一瞬間就聽出來對方是誰了。

「連妳也在喔，夏露。」

夏洛特・有坂・安德森——這位也是從以前就結下的孽緣，是個跟我共事過好幾次、年歲相近的少女。直到最近因某事件的契機，我們的關係才慢慢獲得和解……不過即便如此，她對我的態度好像也沒有軟化的跡象。

「你們真的不記得了？我們本來要去幫大小姐掃墓，但途中卻**被某人綁架來這**

裡。」

「……！」

對了，我想起來了——昨天，我跟她們一起去幫那位過去的同伴掃墓。

原因則是幾天前，在齋川家主辦的豪華郵輪之旅中所遭遇的劫船事件。我們打倒了《人造人》變色龍，也以繼承希耶絲塔遺志的形式取得了夏露的諒解，事後我還跟夏露約定好，要造訪希耶絲塔的長眠之處。

接著到了昨天，總覺得只有我跟夏露兩人去會很尷尬，於是掃墓的行列又加上了夏凪和齋川……結果我們在途中，似乎受到了某人的襲擊而被帶來這裡。

「真是的，你們怎麼老是這麼粗心大意。」

夏露自以為是地將雙臂交叉於胸前（太暗了看不清楚但她肯定這麼做了），並如此教訓我們。

「呃，妳也被綁走了不是嗎？」

「夏露小姐也被綁架了吧。」

「難道夏露小姐沒有被綁？」

「……啊——算我對不起你們好嗎！」

夏露尖銳的叫聲響徹幽暗的房間。

我們這種毫無緊張感的反應，犯人如今搞不好正抱怨「綁走這些傢伙真沒意思……」而後悔不已呢，一想到此我就不免苦笑起來，就在這時。

「好刺眼……」

夏凪舉起手擋住臉。

看來是設置於房間前方的螢幕點亮了。

「監禁，接著是謎樣的電視畫面嗎？」

這些關鍵詞，讓我聯想起好幾個死亡遊戲的故事。例如等下那片螢幕會出現一名戴著面具的綁架犯，為我們說明殘酷的遊戲規則。

「喂，限制我們的四肢活動，究竟是要……做什麼……」

「夏凪，為什麼妳說話的時候臉有點紅了。」

「君塚先生，我記得你這場戰鬥結束後要去參加妹妹的婚禮對吧？」

「齋川，不要以給我單獨立下死亡旗標的方式迴避妳自己的死亡啊。」

「放心吧，君塚，不論是哪種死亡遊戲只要靠我的頭腦都不成問題。」

「夏凪，齋川，太好了，夏露一個人包下了所有的旗標。」

「我可不是在裝傻！」

所以說緊張感呢？這之後，犯人會以什麼樣的表情登場我已經完全猜不出來了。

真受不了，好吧也多虧大家的胡鬧，等下不論會遇上什麼樣的展開，或是誰會出現在那個螢幕中，我都絕對不會吃驚了。這是我個人的想法，不，現場應該每個人都是這麼想的。

也正因如此，下一瞬間。

目睹畫面中出現的人物，我們有好一陣子都無法發出任何聲音。

「現在，既然我的這段影片在此播出，那就代表現場——君塚君彥、夏凪渚、齋川唯、夏洛特·有坂·安德森四人都到齊了吧。」

這個既冷靜又溫柔的說話聲，老實說已經長達一年沒聽過了。

「希耶絲……」

「大小姐！」

「咕耶！」

有個重物壓到我身上。原來是夏露一口氣騎上我的背，仰望上頭的螢幕。

在畫面中現身的，是那位生著一頭銀白色秀髮的碧眼少女。

也是我過去的搭檔，如今已亡故的名偵探——希耶絲塔。

夏露過去曾拜師於她，因此似乎難掩相隔一年後重逢的興奮——只可惜。

「夏露，這是預錄的影片。」

「咦？」

不可因一時的情感衝動而產生錯誤認知。必須要隨時保持冷靜、機警。希耶絲塔如今已經不可能在此出現了。偵探已經死了。

「好久不見了呢，夏露。不過很抱歉，這是一年前，我預見今天的狀況才事先錄製的影片。」

希耶絲塔彷彿連剛才夏露的細微反應都預知了般，對她投以柔和的一笑。

「大小姐……」

夏露露出悲痛的表情，隔著螢幕凝視希耶絲塔。

「在妳感動時這麼說我很抱歉，不過妳趕快從我身上下來啊。」

隨後我們四個人都鄭重地緊盯著螢幕。

「這女孩就是……」

「希耶絲塔小姐嗎……」

夏凪跟齋川紛紛喃喃說著。這兩人還是第一次實際看見希耶絲塔的長相。

「那麼，把你們聚集到此是有理由的。」

希耶絲塔彷彿算準了時間般，再度開口說道。

「我認為，也差不多該讓你們知道了，一年前我究竟發生了什麼事。」

一年前——那是指，名偵探死去的時間點嗎？也就是她被《變色龍》殺害的那一天。

「我，並不是被變色龍那傢伙殺死的。」

再一次，希耶絲塔像是能讀取我的思緒般這麼說道。

「怎麼可能，那傢伙不是說……」

變色龍確實說過，是他親手殺害了希耶絲塔才對。夏露也跟我對看了一眼，不解地歪著頭。沒錯，夏露同樣在那艘郵輪上戰鬥過，親耳從變色龍口中聽取了這項情報。

「助手，我希望你能夠回想起來。」

希耶絲塔的眼眸凝視著我。

「妳希望我回想起來什麼？」

那是指，我遺忘了什麼事嗎？究竟是？

「然後我也希望其他幾位理解此事。有了這個基礎——再做出**決斷**。」

下一瞬間，影片切換場景。那是四年前，我跟希耶絲塔邂逅的高空一萬公尺客機當中。

「這是……」

「這是直到目前為止我所見過的場面——也是跟你所共度的三年紀錄。」

……！難道說希耶絲塔打算將過去的紀錄……或說記憶，全部告訴我們嗎？包括我所遺忘的某些事，目的是為了讓我回憶起來。

「那麼，你們準備好了嗎？首先從四年前開始。」

接著希耶絲塔再度出現在螢幕中，她如此告知我們。

「我們身上所遭遇的那起事件，無論如何都希望你們能親自目睹。那是關於我死亡的真相，以及，我所面對的最後一次挑戰——」

【第一章】

◆劫機事件後務必要洗澡（混浴）

「我拒絕。誰要當妳的助手啊。」

我在自家那間破爛公寓的浴室裡。

為了避免洗髮精流入眼睛，我正緊閉雙眼，並慨然拒絕那個已經朝我拋出數次、感覺像在開玩笑的提案。

「咦，你說什麼？聽不太清楚。」

然而那位當事者，對我的拒絕卻有如耳邊風。看來是想死纏爛打直到我不得不點頭答應為止了。

「別再假裝聽不見了。」

我用比剛才更大的音量，對浴室門另一頭的那號人物表達不滿。

「好啦好啦，稍稍冷靜一下，畢竟你難得可以洗個澡。」

「我好不容易才可以洗個澡，是誰害我無法冷靜的啊。」

把洗髮精沖乾淨後，我將身子沒入狹窄的浴槽中。

「要我幫你擦背嗎？」

「免了。」

「不然我纏一條浴巾也進去洗吧。」

「……不必。」

「你剛才猶豫的那一下相當好懂呢。」

……可惡，這女人竟然對青春期的男生設下這種陷阱。

話說回來，比起那個。

「為什麼妳會跑到我家來呢——希耶絲塔。」

我朝此時應該是站在更衣間的那位少女出聲問道。

代號——希耶絲塔。

生著一頭銀白色秀髮，以及一對碧眼的國籍不明少女。

僅僅一週前左右，我在一架位於高空一萬公尺的客機中邂逅了自稱《名偵探》的她，兩人合力解決了某個事件。不過，看來對我而言，事件似乎並不會就此告終——

「聽好囉希耶絲塔，不要擅自闖進別人的家裡，更不要想進入浴室一起洗澡。」

「誰叫你就是不肯答應我的要求呢。」

那起劫機事件平安順利解決之後，不知希耶絲塔在想什麼，竟然硬是對我提出來了，就是這個。

「你就當我的助手陪我在世界各地旅行吧」如此不講理的要求。

當然我馬上就拒絕了這種離譜的提議……不過希耶絲塔絲毫沒有退讓的意思，都已經過了一個禮拜，她還像這樣試圖說服我。

「你也真是倔強啊。你以為我很開心像這樣入侵你家嗎？」

「咦，為什麼妳一副囂張的態度？難道是我的錯嗎？」

「我可是正義的夥伴喔。因此不順從我的你必然是邪惡的一方。」

有這種口出謬論的正義夥伴誰受得了。

「是說，我記得我把房門好好鎖上了才對啊？」

「啊啊，我是靠萬能鑰匙打開的。那是我的《七種道具》之一，天底下沒有這把鑰匙開不了的鎖。」

「妳這不是光明正大地非法侵入民宅嗎！」

「唔——你說這種話真是令我感到非常不舒服啊。」

「總比侵犯他人隱私的傢伙要好多了。」

突然有人隔著浴室門對我說話，嚇得我心臟差點停止了妳知道嗎？

「所以，結論就是我可以幫你擦背了對吧？」

「剛才就說了不要找到機會就想闖進來混浴啊。」

只認識一週距離就變得這麼近，真是未來堪慮啊……

「那又如何？為什麼你這麼不願意當我的助手？」

這時，希耶絲塔又隔著薄薄的門板重新問起這件事。真受不了，她果然還沒放棄。

「我只想當個普通人。」

在狹窄的浴槽中，我對著臉潑了潑熱水。

「之前我也說過了吧？我因為這種《容易被捲入麻煩的體質》從以前到現在都沒碰過什麼好事。因此我的夢想就是平安地沉浸在溫吞安逸的日常生活裡。」

「跟我在一起的話，你就沒法過著那種生活？」

「那當然囉，我都已經見識過那種場面了。」

我回想起在一萬公尺高空與《人造人》展開的那場戰鬥。

如果只是普通的劫機還好——不對，那樣也不好，不過這種時候我也不會抱怨了。總之，有什麼《人造人》就不行。一旦牽扯進那種事，就算我有幾條命都不夠用。

「可是，這項工作只有我能完成啊。」

這時，希耶絲塔用比先前更犀利的語氣表示。

「既然是只有妳能完成的工作，把我牽扯進去有何意義？」

「那是因為……啊，對了。」

「妳現在要說的理由是妳剛剛才想到的吧？」

「事實上，我對你一見鍾情。」

「我們上回約定碰面的時候，妳甚至第一眼都認不出我的長相吧？」

「因為你的長相只要兩天不見就很容易忘掉，簡直太適合從事隱密行動了。」

「不要用這種看似誇獎的句子貶損別人。還有不要隨手就把助手的工作丟過來啊。」

「……你真的不願意當我的助手嗎？」

這時，希耶絲塔的語調突然變得很失落。

從一開始，我不就一直這麼說的嗎？為什麼她會變得有點沮喪呢？

真是的，還是一樣無法溝通。這一切問題都是出於希耶絲塔不肯說出自己真正用意的緣故。明明是她希望能貫徹自身的要求，又完全沒表現出半點說服力，難怪討論只會化為泡影。

那起劫機事件雖然算是解決了，但結果不過是靠希耶絲塔壓倒性的武力與行動力強行闖關。這種解決之道只會讓人更擔憂她的未來而已。

「要跟別人談生意的話，至少先提出一點好處啊。」

因此，我給了希耶絲塔一個理所當然的建議。

……不過千萬別搞錯喔？這頂多只是讓她提出具體的條件進行交涉，接著我才好拒絕罷了。不然像這樣沒完沒了地拖下去誰受得了。

「呼呼，你這個人還真是意外地好心嘛。」

「不要隨便稱讚別人，也不要過度解讀啊。」

「對了我剛才叫了外賣披薩應該沒關係吧？」

「不要立刻就濫用別人的好心啊！現在馬上打電話取消！」

「雖說這只是我的預期，不過大概一年後我們就會像這樣相處得很愉快了。」

「哪裡愉快了！只有我一個人覺得快累死了嗎！」

好累，跟希耶絲塔相處真累人……果然不論她提出多麼吸引人的好處，我都不可能當這傢伙的助手的。

「總而言之，你就先說說看你提供的條件吧。」

「錯了，不是我提供，照常理應該是妳要先拿出誘因才對吧？」

不過，希耶絲塔還是那副彷彿預先看透一切的調調。

「你有什麼煩惱嗎？」

她隔著浴室門這麼問道。

「能幫你解決掉，就是我提供給你的好處。」

「妳要以幫我解決麻煩為交換條件，讓我當妳的助手？」

「可以這麼說吧。」

這種時候，如果我問她為什麼會知道我有煩惱，恐怕希耶絲塔也不會回答我。她就是那種不論何時都只對結果有興趣的名偵探。

「……老實說，我就讀的中學現在遭遇了麻煩。」

因此這時我從浴缸起身。

「在我們學校**似乎出現大量的廁所裡的花子同學**。」

我一邊用浴巾擦乾身體，一邊對名偵探述說如此奇妙的七大不可思議事件。

「原來如此，看來有必要一邊吃披薩一邊好好聽你說明了。」

「……是啊，吃披薩沒關係，不過妳馬上把打開的浴室門給我關上。」

◆披薩、可樂，與國外連續劇，偶爾還有廁所裡的花子同學

任誰都曾聽過的學校七大不可思議，其中之一便是廁所裡的花子同學。

據說——在半夜三點去舊校舍三樓從前面數來第三間女生廁所敲三次門，單間就會出現一個穿紅色吊帶裙的少女，並將人拖入馬桶中……之類的。本來這種謠言

現在已經不值得一提，根本是過時的都市傳說。然而——

「你的學校情況有點不一樣？」

我洗好澡來到起居室，發現希耶絲塔正在這六個榻榻米面積的狹窄和室裡大嚼披薩。此外她雖然一邊向我發問，眼睛卻一邊盯著小電視機螢幕上的海外連續劇。不知何時還換上了我原本當家居服的T恤，一副完全把這裡當自家的輕鬆自在模式。

「不要在剛認識的男人家裡穿著剛認識的男人衣服而且還一邊吃披薩看國外連續劇。妳是我同居中的女友嗎？」

「咦，我不是啊？」

「就是因為妳不是，我才抱怨啊。」

我把浴巾包在頭上坐到希耶絲塔附近，正伸手要拿披薩。

「啊，加了起司的那個是我的你不能吃。」

「明明是妳擅自叫的外賣還這麼不講理？」

「那邊那個泡菜披薩就可以給你。」

「妳把我當處理剩飯剩菜的啊，向全國喜歡泡菜的人道歉。」

「雖然嘴裡這麼抱怨但還是乖乖吃了，我覺得你真的很棒，請繼續保持。」

「什麼叫繼續保持啊，別說得像是妳在鼓勵我心智發育一樣，妳又不是我的誰。」

不行，完全沒法溝通。話說回來，我本來是要跟她講什麼？

「是要談花子的事吧。」

「啊啊，沒錯……不過請加上『同學』的稱謂，不要把花子同學叫得像朋友一樣。」

「所以？在你就讀的中學裡，那位花子同學增生了嗎？」

希耶絲塔又伸手拿起另一片披薩並這麼問道。

「是啊，不知為何，在我那所中學裡，凡是遇到花子同學的學生，**之後好像自己也會變成花子同學**。」

「原來如此，就類似被殭屍咬了的人之後也會變成殭屍。」

「嗯啊，這種謠言簡直就像B級片的劇情一樣。」

「不過，那並非只是單純的謠言，不然你何必像這樣找我商量呢。」

……嗯，大致上就是這麼一回事吧。雖然我不太想承認就是了。

「目前，在我們那所中學，以田徑隊為中心，不來上學的人數急遽增加。雖然老師並沒有告訴大家詳情……但有一部分沒來上學的學生好像甚至離家出走了。」

在我班上也有一人，全校至少有將近二十名學生從學校消失。由於其中有幾人屬於未成年離家出走，這事似乎也驚動了警方。

「會不會是田徑隊內部有什麼不和？」

「天曉得。不過根據傳聞，應該不是什麼人際關係造成的麻煩。」

「原來如此……那就是有什麼外部因素了吧。對像學校這樣一個集團，產生了連鎖性的巨大影響。」

希耶絲塔露出了極度嚴肅的表情，一邊嚼著披薩一邊吞下去。

「可是在你的學校裡，原因卻被謠傳是花子同學所造成。那些不再出現的學生，都是被花子同學拖入了女生廁所裡對嗎？」

「是啊。另外離家出走、行蹤不明的學生數量也在快速增加，這就代表花子同學本身的數量也可能在變多。」

這便是「花子同學大量出現」這種聽了會讓人一愣的謠言，在校內蔓延開來的理由。

「你也相信這種事嗎？」

「怎麼會。」

我用可樂灌下滿載泡菜的披薩，對此嗤之以鼻。

「你這種裝出自己一副無所不能的模樣，真不愧是當代的中學生啊。」

「別用這種肯定會引發對方羞恥心的方式說話好嗎？」

感覺自己一輩子都不可能吵贏這位偵探。

「……不過話說回來，不上學又行蹤不明，是嗎？」

希耶絲塔忽然將視線對著電視並這麼說道。螢幕播放的是一部以校園為舞臺的國外連續劇。一名拒絕上學的學生，正被全班同學親自來到家裡迎接。這對拒絕上學的人應該會造成反效果吧？

「你的心地還真善良呢。」

希耶絲塔轉過頭來對我說道。

「妳等下會分攤披薩的錢吧？」

「我不是在說那個。」

而且披薩錢我是不會付的——希耶絲塔又這麼補了一句。不行，妳一定得給我。

「那些在學校裡不見的學生，肯定不是你的朋友吧？然而你卻如此擔心他們還想設法解決問題。」

「說得簡直就像我理所當然沒有任何朋友似的。」

「恐怕是你說的《容易被捲入麻煩的體質》緣故吧，你同時也感染了《助人體質》。」

……這又是一種我不想要的ＤＮＡ。不過，也罷。

「至少在我的視野範圍內，我想守護好這平穩的日常生活。」

畢竟我平常都是那麼度過的。環顧房間的同時，我面露苦笑。

「在我有記憶前，雙親就消失不見了，我在各個寄養家庭和設施之間輾轉流浪，到了如今這個年齡一人獨居。所以我當然會想追求一個和平、平凡、安定的環境吧？」

好吧，反正我也明白，只要自己這種被詛咒的體質還在，想達成那個心願就沒那麼簡單。不過，憑藉一己之力、努力將問題解決，以追求那種平凡無奇的日常生活，應該也不是什麼罪大惡極的行為才對。

「原來如此，所以這就是你的——」

希耶絲塔彷彿在思索什麼般，以指尖抵著下顎。

「嗯，我全都搞懂了。」

「光靠剛才那些對話就全部搞懂未免太恐怖了點吧。」

「是嗎？沒有家人也沒有朋友當然會感到寂寞囉。」

「我有說過我沒朋友嗎？可不可以不要自行腦補啊？」

我的朋友數量的確不算多，上一回跟同班同學交談也不記得是什麼時候了。

「那麼，等週末我們倆就去那個吧。」

希耶絲塔的手指，指向了電視上的一幕，那是一個拒絕上學的少年，被應該是女主角的少女帶去參加校慶園遊會的場面。

「……呃，花子同學的事不管了嗎？」

◆青春愛情喜劇篇，開幕

「我可還沒放棄驚悚懸疑的劇情發展啊。」

為了躲避這個自言自語、形跡可疑的中學男生，幾位學生與校外訪客快速穿過了校門。

那之後又過了幾天，時間來到星期六。我在自己就讀的中學校門口等人。儘管是假日的上午，學校卻有這麼多人進進出出顯得十分熱鬧，那全都是因為今天是這所學校的校慶……應該吧。

不過說也奇怪，我腦中絲毫沒有半點幫校慶做準備的記憶。說起校慶園遊會應該有更多事前的工作——沒錯，就是那種全班總動員規劃攤位之類的不是嗎？在我連續遭遇麻煩根本沒來上學的期間，那些工作就全部結束了？為什麼這些事完全沒人來告訴我？

「唉。」

當我正對這難以言喻的灰色校園生活獨自嘆息時。

「讓你久等了。」

從背後的方向傳來少女的說話聲，看來跟我約好碰面的那號人物終於出現了。有夠慢——我一邊抱怨，一邊轉過身去。

「明明是妳約的竟然還遲……」

我不自覺整個人僵住了。

不，並不是因為出現了意料之外的人物。站在那邊的人毫無疑問是跟我約好碰面的少女，關於這點是無庸置疑的。問題出在——

「希耶絲塔，妳這傢伙的打扮……」

映入眼簾的是一襲眩目耀眼的白色水手服。裙襬應該是刻意改短的吧，長度略高於膝蓋，露出美麗的雙腿。她肩上掛著學生書包的那副姿態，簡直就跟敝校的學生一模一樣……這跟她平時那套高貴的連衣裙形成了恰到好處的反差，此外制服的打扮簡直是太適合她了，我不禁——

「嗯？為什麼突然轉過身？」

希耶絲塔湊過來想窺探我的表情。

「……不，沒事。只是呼吸稍微有點……」

「不舒服嗎？你還好吧？」

我沒事啦。只要妳別把臉貼得那麼近我就沒事，而且也不要靠到我背上好嗎？

「……妳為什麼穿我們學校的制服啊？」

我終於稍微冷靜下來後，瞇起眼對希耶絲塔這麼問道。

仔細一看會發現，她銀白色的俏麗短髮上，紮了一條當髮箍使用的紅色緞帶裝飾。原來如此，這種造型只要對方一個不小心，就會不自覺發出「好可愛」之類的讚嘆，好可愛啊……

「總覺得你的眼神比之前邪惡了幾分。」

請不要在意。那只是因為要把妳穿水手服的模樣全部納入視野需要一些勇氣罷了。

也就是說，直到現在我都還沒完全恢復冷靜。

不過事實上，我的反應也不算過度，就連一旁經過的路人們也全都被希耶絲塔吸引住目光，腳步還自動放慢。

銀白色秀髮，配上一對碧眼的水手服美少女，我可以理解大家忍不住想拿出手機拍照的衝動。不過攝影費得索討天文數字喔。

「因為跟我平時的打扮不太一樣，所以就順便紮上了緞帶，好看嗎？」

「要說起我的感想都可以寫滿一整張草稿紙了。」

「咦，你什麼時候說的？我沒聽到耶。」

「……比起那個。」

「啊啊，是關於我穿制服的理由吧？」

希耶絲塔說完，用腳尖輕盈地原地轉了一圈。裙襬隨風飄揚，大腿也一瞬間展露無遺。我的注意力不自覺被這幅光景完全吸走，而這時希耶絲塔擺出微微前傾的姿勢由下往上仰望我。

「畢竟，在校慶園遊會上穿制服約會，不是很有意思嗎？」

她對我投來的果然還是那一億分的微笑。

「……對了要當助手的話需要簽合約書之類的嗎？啊，可能還得蓋印章……」

「你也太急了吧。我說這個好像有點奇怪，不過做事還是得按部就班。我成功說服你的那部分留著日後繼續，現在稍安勿躁吧。」

敝校的學生加上家長以及其他學校的學生，把校園擠得水洩不通，各班教室都擺出了像是可麗餅或章魚燒等臨時攤位。

「那麼要先去哪裡逛呢？」

我一邊低頭瀏覽走廊那個穿兔子布偶裝的同學發給我的傳單，一邊對希耶絲塔問道。

根據傳單所示，校慶不只有這些賣食物的攤位，還有類似天象儀或鬼屋之類的

企劃。而且那個鬼屋，還把平常不用的舊校舍樓層拿來布置，規模搞得相當大，讓人充滿期待。

「這個就非去不可了。」

「是啊。不過，還是要看準演出時程再出發。」

根據傳單說明，鬼屋好像每隔一小時會有十五分鐘的空檔。那恐怕是留給工作人員的休息時間吧。

「這個在營業時間外就不讓人進去嗎？」

希耶絲塔對那位穿兔子布偶裝的人，問了這麼一個答案呼之欲出的問題。兔子布偶也用力向一側歪著腦袋，好像在說「這還用問嗎？」。大概是為了維持角色設定吧，那人堅持一言不發這點令我充分感受到對方的敬業態度。然而，或許是顧慮到活動的方便性，那傢伙到頭來還是穿了雙運動鞋。這一瞬間兔子帶給人的綺麗幻想也蕩然無存了……

「喂希耶絲塔，上面已經寫了吧，中間會隔十五分鐘的休息時間。」

「可是就我腦中所描繪的最佳遊覽路線──」

「妳剛才一眨眼就想好了？」

「按照這張傳單上的營業時段的話，看來我們好像沒法去舊校舍了。」

原來如此，根據希耶絲塔的行程表似乎還有其他更優先要去的地點。

「看吧，所以首先不是應該得填飽肚子才對嗎？」

「這才是妳的目的吧。」

「有沒有一小時大胃王挑戰之類的。」

「中學生的校慶園遊會才不會企劃這種活動……」

所以說——希耶絲塔臉上重新浮起微笑。

「我想在營業外的時間造訪，那就麻煩你們囉。」

她給那位穿布偶裝的學生強行送上了如此一個難題。

「啊，那邊有可麗餅店。」

接著希耶絲塔露出好像再也沒事找對方的樣子，指著前方的攤位逕自走去。

「拜託啊希耶絲塔，妳對我以外的人做出那麼不講理的要求好像不太好吧。」

我邊嘆氣邊追了上去，並購入香蕉可麗餅。

「……？我什麼都還沒說耶你竟然就買了。」

希耶絲塔不知為何露出了困惑的模樣，不過我還是將可麗餅遞了出去，她立刻用她的櫻桃小嘴啃了起來。

「之前我叫披薩的時候你明明還很生氣，現在是怎麼了？」

「事態每分每秒都在發生改變。」

「咦，反過來說，在這麼短的時間內出現了什麼改變嗎？」

算了，看來不直說她是不會懂了。真拿她沒辦法。

面向那個臉上浮現不可思議表情的希耶絲塔，我這麼表示——

「比起根本不知道在哪的廁所裡的花子同學，眼前的校慶園遊會更重要吧。」

驚悚懸疑？那種玩意已經不流行了啦。當今這個時代——是屬於青春愛情喜劇的。

我擺出這輩子最嚴肅的表情告訴對方。

「哈啊，是喔不過我跟你是絕對不可能交往的說什麼青春愛情喜劇好像有點微妙吧。」

結果，當事人希耶絲塔的反應卻跟我的亢奮有著天大的落差……

「嗯？」

「嗯？」

我們本應身處擁擠嘈雜的校內，但此刻卻有種沉默急遽降臨的感覺。我們就這樣對看了好一會兒，接著才迷惘地歪著頭。

哈哈啊——原來如此啊。原來如此，原來如此。

「咦，怎麼？難不成你認為約會＝我變成你女朋友嗎？」

不，完全沒有喔？壓根沒想過喔？連一點點那種念頭都沒有喔？我怎麼會，有那種想法……

「你這傢伙，是笨蛋嗎？」

「……剛才那些事，就不能當它們完全沒發生過？」

倘若幾年後的我目睹了眼前這番光景，一定會羞恥到鬱悶暴斃的程度吧，但目前我只是個中學二年級生。關於我的衝動還請見諒……不，擔心這個未免有點杞人憂天了吧。

「好吧，你這樣我反而比較好辦事就是了。」

希耶絲塔一轉眼就將我手中剩下的可麗餅吃光。

「接下來，我們去買章魚燒吧。」

她牽起我的右手，在混雜的人群中邁步。

「……這種距離感會造成許多誤會啊。」

「你說什麼？」

「我是說不要隨便趁別人洗澡時闖進來。」

「我會擅自闖入的，也只有你洗澡的時候而已喔。」

「不要用『這種表情只會讓你看到』的邏輯來敷衍我了！」

◆無神論者也會在這種時候對神祈禱

「太不講理了。」

我單獨一人，在幽暗的廁所隔間裡抱頭……不對，是抱著肚子。和反覆襲來的疼痛海嘯持續激烈抗戰了十分鐘以上，我擦了擦額上的汗珠。

「可惡，事情會變這樣全都是妳的錯——希耶絲塔。」

我對著如今應該還在某處大嚼章魚燒的那位少女忿忿不平。

——如果要直接說明我目前的情況，那就是正在廁所的隔間裡與腹痛抗戰。

原因很明顯是今天吃太撐了，不過那都是因為自己陪希耶絲塔像個白痴一樣東買西買一大堆食物的緣故。甚至她還無視我想休息一下的要求，硬把我拖到了舊校舍的鬼屋，而腹痛也是在這時冷不防來襲。

不過，我會像現在這樣陷入絕境還有另一個理由。那便是，此處竟是設置於那座鬼屋正中央的廁所——而我所進入的隔間，也是謠傳中舊校舍三樓、從前面數來第三間的女生廁所。

……不，等等，先別罵人。錯了，事情不是你們想的那樣。男女兼用且開放給工作人員的就只有這間廁所而已，而我則是因為內急才勉強借用，絕對不是偷偷潛入女生廁所喔！

此外，這間廁所的光線理所當然地很昏暗，而且從剛才我就一直聽到外頭那令人發毛的背景音樂傳進來。老實說我真想趕快開溜……但，我的肚子好像還在要求我坐在馬桶上一樣，不斷發出「劈劈咕嚕」的警告聲。總之，換個保守的說法就是——

「好想死。」

這就是我目前的處境。

再加上現場陰森幽暗的氣氛，就算不願意，那討厭的謠言還是會浮上心頭。

「不，都已經是中學生了，怎麼可能還怕鬼之類的呢。」

「你在對誰解釋啊？」

「……唔！」

頭頂上方落下了不屬於我自己的聲音，令我頓時渾身僵硬……不，這個少女的說話聲我似曾相識。

「偷窺洗澡已經不能滿足妳了就連上廁所也要偷看嗎——希耶絲塔。」

我抬頭一看，果然是爬上廁所隔間門板並朝下俯瞰我的希耶絲塔。她先前應該是獨自一人走向鬼屋出口才對，結果又折回來了嗎？我嘆了口氣後，將長褲拉起。

幸好這裡很暗幫了我個大忙，差點就被她一覽無遺了。

「因為你動作太慢我有點擔心……嘿咻。」

「幹麼『嘿咻』，妳是想跳到哪裡啊。」

「你要我一直掛在門板上？」

「給我跳到門外面啦。」

為什麼要故意跳進隔間的裡面。

「因為我有點想調查的東西……嗯，在這。」

說到這，希耶絲塔彎下身，從馬桶後面拾起了某樣物品。看起來像是塑膠袋的碎片。

「你認為這是什麼？」

「這個嘛……裝感冒藥的袋子，之類的？例如有人在這裡吃完午飯後再吃藥。」

「腦中首先浮現這種想法的你真是教人不得不心生同情啊。你想守護的和平日常生活，難道就是午休時間自己一個人躲進廁所吃便當嗎？」

「正如我之前提過的，雙親目前都處於行蹤不明的狀態，所以也不會有人幫我準備便當。我會在廁所吃的午飯僅限於點心麵包而已。」

「這下連我都忍不住覺得你很可憐了。要不要我偶爾幫你做個便當啊？」

希耶絲塔爽快大方地說道。

「嘿咻。」

只見她將手伸入裙下，指尖好像正在把什麼東西拉下來。

「等一下希耶絲塔！妳知道我現在看得見吧！妳要在我眼前採取這項行動嗎！」

「咦，讓女生在廁所忍著不能上的性癖未免也太那個了吧。」

「我才沒那麼說……連一個字，都沒那麼說過吧……」

「那我要在這裡解放一下，你給我出去吧。」

「咦，妳打算把我一個人扔到外面那種恐怖的環境嗎？」

「剛才是誰在這裡說『都已經是中學生了怎麼可能還怕鬼』並自顧自地點頭啊？而且那傢伙還沒穿褲子。」

「既然妳早就在偷看了拜託一開始就出現應有的反應吧！」

太奇怪了，本來應該要在校慶園遊會上演一齣青春愛情喜劇才對，為何會變成在鬼屋廁所裡說相聲……呃，不過如果把「鬼屋」、「相聲」這幾個詞彙單獨拿出來，還是很有盡情享受園遊會的感覺就是了……

就像這樣，當我不禁發出嘆息的時候。

「安靜。」

希耶絲塔用手摀住我的嘴。

本來還想說到底怎麼了，結果豎耳傾聽——是「咚咚咚」的聲響。

某人，正在敲我們所待的這扇廁所隔間門。

太詭異了。如今我們位在舊校舍的三樓、從前面數來第三間女生廁所。時間雖然不是半夜三點，但要聯想起那個謠言，這樣的條件應該已經十分充足了。

緊接著又是一陣——「咚咚咚」的聲響。

對方再度敲門。我跟希耶絲塔隨即朝彼此點頭示意，然後緩緩解除門鎖將門向外推開，下一瞬間。

「……！……嗯？」

在敞開的門外，是一個身穿紅色吊帶裙的女孩——才怪，是粉紅色的兔子布偶裝。

「我記得你這傢伙，就是那個在校內發傳單的……」

不對，發傳單的好像是隻熊貓？反正我們在校內看到好多個身穿布偶裝的學生，都是負責發傳單或舉指示牌的。

不過，這隻兔子怎麼會出現在這個地方？

啊啊，難道他是這間鬼屋的工作人員？因為發現我們一直沒出來才過來關心一下，之類的。

如果真是那樣，就有必要想一個巧妙的藉口了。設法將孤男寡女獨處廁所隔間的事實順利掩蓋過去——

「休想逃跑。」

不過，我很快就驚覺，花功夫去想那些詭辯已經一點意義也沒有了。

等回過神，穿兔子布偶裝的傢伙便一個轉身開溜——而希耶絲塔則朝對方的背後舉起槍。

「喂，希耶絲塔……？」

相對於不明就裡、呆站在原地不動的我，希耶絲塔靈巧地衝了出去並這麼對我說道。

「那隻兔子，正是廁所裡的花子同學啊。」

◆純白的衣裳與飛翔的新娘

「動作快。」

在希耶絲塔的催促下，我只好一頭霧水地加入追趕兔子布偶裝的行列。雙方的距離並沒有拉開多少，因此，我原本還以為一下子就能逮到對方。

「沒想到那傢伙的腳程這麼快……」

這麼說來，我想起那個布偶裝還穿了方便行動的鞋子對吧。難不成對方早就預料到會上演這麼一齣追逐戲碼了嗎？

「唔喔。」

再加上，我的腳還勾到什麼被絆了一下。透過手機的光線確認……是一顆道具人頭。沒錯，我們目前所位於的樓層一帶，正好是鬼屋的區域。這裡的照明昏暗，彷彿迷宮般的複雜結構比我想像中更難通過。

「唉，原來是騙小孩的機關啊。」

呼——我嘆了口氣後爬起身。

「所以，妳說那個布偶就是花子同學究竟是怎麼回事？」

「之後再跟你說明。現在要做的是盡量加緊腳步。」

「不明白理由的話，很難產生追逐的動力啊。」

「不是說過現在沒時間了嗎？話說你緊緊抓住我左手的這隻右手是怎麼回事？」

呿，被她抓包了。我還以為只要若無其事地去握就不會有問題。

「什麼嘛，難道你喜歡我？」

「妳是白痴喔。」

「唔哇，何必這麼生氣。」

「當然只是因為剛才被掉下來的假腦袋嚇到了，我才會一時大意抓住妳的手啊。」

「為什麼你說話時一副得意的樣子？現在的你可是比我還不講理啊。」

「哈哈，我贏了。」

我倆一邊說著這些蠢話，一邊穿過鬼屋。接著又經過一道連接新舊校舍的長廊，再度返回有許多臨時攤位並排的區域……但沒想到。

「這下子……」

映入我們視野的，是在人潮洶湧的走廊上、好幾隻負責發送傳單與氣球的兔子布偶裝身影。那些傢伙乍看之下根本分不出哪個才是我們之前追逐的本尊。

「所謂隱藏一棵樹最好的地方就是森林……嗯咕嗯咕。」

「是啊，對方巧妙擺脫追蹤了。不過我怎麼聽到了跟前面那句臺詞不太搭的狀聲詞啊。」

我看向身邊的希耶絲塔，原來她正在大啃烤奶油馬鈴薯。

「現在是買零食吃的時候嗎！身為這場追逐戰的始作俑者，妳也給我保持一點基本的緊張感吧。」

「不補充點能量就無法繼續行動啊。這個要三百圓。」

「先前不就已經吃到快撐死了嗎！而且不要理所當然地找我付錢啊。」

「那你也吃一口我們就算平分了吧。」

「這算什麼平分的概念。喔，是不是那個啊？」

在ㄈ字形校舍的相反一側，我發現有隻兔子布偶裝正隔著窗戶遠眺這邊。對方察覺到我發現他後，立刻慌忙地逃走了。

「那傢伙如果自然一點就不會穿幫了。我們快去抓人吧。」

「你終於按照案子的發展表現出有幹勁的樣子了，我覺得這樣很棒，請繼續保持。」

「這種話聽了就生氣，不是說過別再說了嗎？還有不要擅自訂定助手培育計畫啊。」

我們繼續隨口抬槓，然而就在重新邁開腳步時。

「這裡是服裝社！我們正在舉辦免費試穿角色扮演服的活動！」

突然有個女同學發出的招攬生意口號傳了過來。

假使有空的話真想欣賞一下希耶絲塔穿貓耳女僕裝的樣子，只可惜現在沒那個閒功夫。

「就我們兩個人，拜託了。」

竟然有空。

「不，這樣是不行的吧！會被那傢伙再次溜掉喔！」

希耶絲塔就像是被那間教室給吸進去一樣，我連忙揪住她的袖口。

「別急嘛，這也是作戰計畫喔。既然對手想混入大量的布偶裝裡面，那我們也透過角色扮演改變外表，這就是我的計畫。」

「事情真會那麼順利嗎？假使扮成貓耳女僕啥的反而會更顯眼吧。」

「好啦好啦，不要緊的……是說為什麼以我穿貓耳女僕裝為前提啊？我可不穿那個喔。」

我們終於被帶進教室，並拿到一個裝有衣服的袋子，最後走進用簾子隔出的臨時試衣間。在簾幕當中，我取出裝在袋子裡的角色扮演服。

「……這是。」

老實說吧，我並沒有積極想換上這裡面裝的衣服的意願……或者該這麼形容，這套衣服會讓中學生穿了感覺有點羞恥。然而，既然變裝是我們的目的那也沒辦法了。我在稍微躊躇過後，將手穿過衣服的袖子並下定決心拉開簾幕。

「根本沒人在看嘛。」

我好不容易才下定決心的說。這群混帳。

服裝社的傢伙都上哪去了呢？原來大家都聚集在另一個試衣間門口，不知為何還發出了高亢的歡呼聲。在那裡面的，當然是跟我一塊兒進入教室的那號人物。

「久等了。」

簾幕終於被拉開，**身披純白婚紗的希耶絲塔現身了**。

「如何？」

臉上掛著微笑的希耶絲塔，微微側著頭問道。

「啊，啊啊。嗯……算是，很好看吧。」

對於這個問題，我一邊把臉轉開，一邊勉強擠出這番話。

「……真沒想到你會乖乖承認。」

「……嗯，就算說謊也沒什麼意思啊。」

「不過，其實你穿這套也挺好看的……這個，叫燕尾服吧。」

希耶絲塔指著我身上的燕尾服。

「是、是嗎？」

「嗯……」

總覺得有種尷尬的氣氛，因此我們不自覺分別把臉撇開。

「如果滿意的話，我們就要拍照囉！」

這時，服裝社的一位少女社員舉起了相機。

「那麼，可以嗎？」

「既然機會難得？」

我們再度不約而同看向對方，接受了這項提議。

「那麼，要拍囉！來，笑一個！」

喀嚓。

也是出於目前這身打扮的緣故，拍照時並沒有擺出「ＹＡ」的手勢，我跟希耶絲塔只是並肩站著。接著，服裝社將照片檔案傳到我們的手機裡。

「真是美好的回憶呢。」

希耶絲塔表情羞赧，我也淡淡地笑了。

是啊，真是個難忘的經驗——

「——不對！」

我忍不住大吼一聲。

「我們不是應該要繼續追兔子嗎！」

我們怎麼會對角色扮演如此樂在其中啊，當初的目的完全置之不理了……

「一不留神愛情喜劇的成分就過頭了。我們快走。」

希耶絲塔的神態總算完全恢復正常，她披著身上這套婚紗直接衝出教室。

「喂！……啊——可惡。衣服之後再回來還你們！」

我朝一臉愕然的服裝社社員們接著喊道，好不容易才趕上希耶絲塔的腳步。

「穿這樣子、很難跑耶。」

「會喜歡用這種裝扮玩捉迷藏的，毫無疑問天底下只有妳一個。」

身著婚紗與燕尾服的一對男女跑過長廊。一旁的學生們紛紛舉起手機，他們或許以為這是什麼角色扮演活動吧。這一旦被上傳社群軟體絕對會成為某種黑歷史。

「喂。」

結果，希耶絲塔卻露出彷彿能將這些憂鬱全都驅散的開朗笑容。

「很開心吧，助手。」

簡直就像我們正在全力享受青春般，她對我這麼笑道。

「誰是妳的助手。」

「啊，被發現了？」

什麼叫「被發現了？」啊，不要一下子又露出真面目好嗎？受不了。

「助手，看那邊。」

這時，希耶絲塔突然指向窗戶那邊。我透過窗子看過去。

「那傢伙竟然跑那麼遠了。」

一隻兔子布偶裝，正直接橫切過人聲鼎沸的學校中庭。

「居然還繼續穿著那玩意，這逃犯也太守規矩了吧。」

「恐怕是那種自己一個人脫不掉的道具吧。」

「那就太可憐了。」

在這種季節穿那個全力狂奔，裡面鐵定是滿頭大汗。

「所以，我們一定要趕緊抓住他才行。」

說完希耶絲塔便大大敞開窗子。

「……等一下，為何我有種不祥的預感？妳該不會是想從這裡一躍而下吧？」

「嗯，你猜錯囉。」

是嗎？畢竟她也沒這麼莽撞啊。真是得救了。

「不是只有我跳，是連你也要一起跳喔。」

「嘎？」

「沒事的。我所穿的鞋子，是之前提過的《七種道具》之一——」

希耶絲塔語畢便不由分說地抱起我，一腳踩在窗框上。

「——這鞋能在天上飛喔。」

那一天，燕尾服少年被一位身披婚紗的少女抱起並跳躍在半空中的影像，傳遍了所有的社群軟體。

◆就這樣那令人眼花撩亂的冒險奇譚展開了

「結果，那隻《兔子》真的就是《廁所裡的花子同學》其中之一嗎？」

翌日，在某間咖啡廳。

我跟希耶絲塔重新回顧起這回所發生的事件真相。

「不錯，這就是這回拒絕上學的學生們所吸食的藥物塑膠袋。」

希耶絲塔啜飲一口紅茶後，從衣服下襬內取出一個透明的袋子放在桌上。那是我們昨天在那間舊校舍女生廁所撿起來的玩意。

「是某種類似興奮劑的東西。吸食後會使人取得暫時的亢奮感，專注力也會大幅提升，在這所學校首先是由田徑隊的學生們流行起來的。」

「我之前完全沒聽說過……所以沒來上學的學生都是用了這種藥囉？」

「嗯。除了上述效果之外，這藥的副作用也很恐怖。尤其是出現了許多記憶障礙的病例，要完全治癒得花費相當久的時間。」

「是嗎……」

不過反過來說，只要耐心接受治療還是可以痊癒的。這應該算是不幸中的大幸吧。

「那麼所謂《花子同學》增生的現象，也就是……」

「藥物強烈的成癮性才是原因吧。為了取得購買藥物的金錢，自己也只好淪為賣藥的藥頭……就像這樣，《花子同學》才會以加速度的方式增加。」

這種違法藥物，只能在那棟舊校舍三樓、從前面數來第三間女生廁所買到。所謂《廁所裡的花子同學》謠言，正是某種用來描述此一黑市交易的祕密術語才會傳播開來。當然，明白這術語真正含意的學生並不多，而有一部分人也是故意將這件事偽裝成學校的都市傳說，藉此掩護其犯罪行為。

「實際上這種違法藥物，似乎是以某種植物的《花粉》為原料才生產出來的。」

「所以才叫《花子同學》嗎？真是個冷笑話啊。」

然而，在這個冷笑話的背後，卻牽扯出許多受害者。

至於我，絲毫未察覺學校裡發生的事態，還妄言只要能度過平安無事的日常生活就行了，誰知道我那和平的日常早就被這花粉的毒素所侵害。

「不過，原本《花子同學》不是只會在半夜三點現身嗎？為什麼這次竟然在白天的園遊會光明正大出現。」

「這恰好證明**他們**已經急了，為了搶先**競爭者**一步，不能放過任何一個散播藥物的機會。」

「原來如此，所以那隻《兔子》也是這類人的其中之一囉。」

那些《花子同學》全都因自己接觸違法藥物的緣故而受良心譴責，所以變得很難在他人面前露臉。不過假使混入人潮洶湧的校慶園遊會……而且又能穿布偶裝隱藏真實身分，導致那傢伙最終還是出手了。

「希耶絲塔，妳難道一開始就察覺出《兔子》身上有異樣嗎？」

「嗯。刻意**換上運動鞋的布偶裝**，簡直就像在暴露自己的真實身分一樣。」

原來如此啊。據說大部分《花子同學》都是田徑隊的人。果然希耶絲塔在碰到那隻《兔子》的瞬間，就看出其真實身分是在賣藥的田徑隊員了。為了預防萬一而換上方便逃跑的運動鞋，反而變成最大的破綻。

「接著妳就悄悄使用術語與《兔子》搭上線，假裝自己是買藥的客人，對吧。」

現在回想起來，希耶絲塔當初從《兔子》手中接過傳單時，對營業時間特別感興趣。不過她指的其實並不是鬼屋的營業時間，而是在半夜三點以外也能進行藥物交易的意思。隨後直接前往交易現場的《兔子》，卻發現希耶絲塔身上帶著槍，才會驚覺這是個陷阱而倉皇逃跑。

「所謂一流的偵探，是在事件發生前就預先解決了。」

這句臺詞我之前已經聽她說過了。

希耶絲塔優雅地眨了眨一隻眼並啜飲紅茶。

「好吧，反正對妳來說這也不算什麼了不起的困難事件吧。」

畢竟，希耶絲塔可是與《人造人》為敵的名偵探。這種非法販毒的案子，對她而言就像家常便飯……不，或許該說是一場午睡吧。

「只是這次的《花朵》，看來也跟之前那個組織脫不了關係喔。」

「之前那個組織——難不成？」

希耶絲塔以無言表示肯定之意。

祕密組織《SPES》——沒錯，說起毒品必然存在上游的源頭……也就是幕後黑手。原來那些傢伙趁我不注意的時候，已經將魔掌伸到距離我這麼近的地方了嗎？

「所以說？」

希耶絲塔將杯子擱回茶杯碟上，目光對準我。

「從今以後，你有什麼打算？」

那雙碧眸所發出的視線，牢牢抓住了我。

這個問題的用意，就算我不刻意確認也應該非常明瞭了。

她想知道我是否已經做好覺悟。從這個遲早會消失不見的溫吞安逸日常生活中勇敢脫離出來，並投身於激烈戰鬥的日子中。沒錯，她的雙眼正如此對我訴求著。

因此，假使是那樣的話。

「希耶絲塔。」

我最後問了一個問題。

「假使我擔任妳的助手，對我有什麼好處？妳能提供我什麼誘因嗎？」

這個質問，就是我所提出的交涉原點。

然而，我很明白，即便我問這個問題也毫無意義。

沒錯，老實說我早就察覺到了。

為什麼希耶絲塔會如此執著於我，為什麼她非得找我當助手不可，那全都是因為，我這種《容易被捲入麻煩的體質》所致。只要我具備這種體質，不論任何事件或麻煩都會像長了腿一樣自動找上門。

對於追尋事件……追尋《SPES》的希耶絲塔來說，我簡直是不可或缺的人才。身為名偵探，她想要的並不是助手而是事件本身。

因此，希耶絲塔關注的焦點根本不是我這個人。她能提供給我的好處，也頂多只是些臨時想出來湊數的玩意。我明知道這一點……明知自己內心早就拒絕對方了，還刻意提出這麼一個不懷好意的問題。

結果這時，希耶絲塔先緊閉雙眼。

「我會守護你。」

接著她才重新睜開眼，露出溫柔的微笑這麼說道。

「由於你的這種體質，不論你被捲入什麼樣的事件或麻煩當中，我都會挺身而出守護你。」

因此——她說。

「你——就當我的助手吧。」

希耶絲塔隔著桌子伸出左手對我這麼說道。

「……真是高明的說服技巧啊。」

當然，我是不可能接受這種只想敷衍人的提議——

「好吧，既然妳都這麼說了我也不是不能陪妳玩玩。」

儘管我那麼想，但等回過神我已經握住了她的手。

怎麼會這樣？誰知道啊，別問我。

不過，究竟是為什麼呢。在我的腦海裡，那幅光景……她裝扮成十年後的模樣在空中一躍而過，這樣的一幕無論如何都無法從我的腦中拂去。

「我還是第一次見識到這麼容易看穿的傲嬌男生。」

「別隨便在助手身上添加屬性好嗎？」

「已經自認是助手啦。」

「唔，剛才那只是一種言語的修飾罷了。」

「所以說，在你決定來這裡的時候，答案就已經很明顯了吧？」

希耶絲塔用手輕輕晃了晃兩張機票。

沒錯，我們現在所處的咖啡廳，根本就是機場的休息室。

「……妳雖然概稱為助手，但助手的定義好像有點模糊啊。」

「唔——好比說每天叫我起床，替我刷牙，幫我換衣服之類的？」

「…………那種事我不能答應。」

「你怎麼想了那麼久啊？是不是覺得那樣的生活好像有點不錯？」

「啊——妳很煩耶！我知道了啦！就照妳的希望當妳助手！」

接著我一拍桌子站起身。

「所以我們一輩子在一起吧！」

我一時激動，對眼前這位少女道出內心的傾慕。

「咦，這是求婚……」

「前言撤回！」

【Interlude 1】

「……咦，剛才那是在演哪齣啊？」

先暫停一下，尤其是最後那段根本亂來嘛。

我本來還想說這影片也從太早的地方開始了吧，結果竟冷不防把我羞恥的過往暴露出來？這不是什麼解開希耶絲塔死亡之謎的影片吧？根本就是羞辱我的陷阱……

「啊，我播錯影片了。」

「絕對是故意的吧！」

再度出現在螢幕中的希耶絲塔，保持面無表情的模樣微微歪著頭。

真是的，不要隔了一年還埋這種梗捉弄我啊……

……不過仔細回想起來，我跟希耶絲塔的確是這樣站到同一陣線，最後終於攜手踏上了旅程。

「咕，為什麼大小姐不是找我，而是找君塚這種陰險的男人……」

「冷靜點夏露，妳嫉妒四年前的我有什麼用。還有別順便罵人好嗎？」

「咕，為什麼這兩人會在四年前就訂好了婚約……」

「冷靜點夏凪，而且我不懂為什麼連妳也在這時說出聽起來像嫉妒的話。」

「唉，君塚先生還是個小孩嘛，根本不懂何謂少女情懷。」

「所有人當中年紀最小的妳有資格說這種話嗎？齋川。」

喂，這種只要一個人裝傻就得等所有人都大肆戲謔一番不然不能結束的連鎖反應，可不可以別再上演了啊……我連吐槽的體力都不夠用了……

「好吧，那麼接著真的要讓你們看跟我死亡真相相關的重要情節了……不過既然難得有這個機會，就先給你們四人一點提示吧。」

希耶絲塔以這番話為開場白。

「不要對任何一項情報產生錯誤的判斷。例如，現在是誰說了什麼，這些都要正確掌握。此外，還要經常懷疑眼前出現的景象。」

上述這些希望你們之後牢牢記住——她這麼告知我們四人。

「懷疑，眼前出現的景象……」

夏凪喃喃咕噥著，並將視線投向我。

「咦，難不成，這個人，不是君塚……？」

「不要故意從希耶絲塔那邊繼承『只要兩天不見面就會忘記我的臉』這種設定

啊。就算要繼承偵探的遺志也不必到那種地步。」

希耶絲塔剛才那番臺詞，絕對不是這個意思吧。

「既然你們已確實理解我的提示，就開始播放接下來的影片吧。」

畫面裡的希耶絲塔這麼說並切換場景。

「這一段助手應該還記得才對。」

螢幕上出現了倫敦的街道。

然後，有兩個人進入了某棟磚造建築——那正是我跟希耶絲塔。

「記得這裡是……」

不會錯的，大約一年多以前，我們把這棟建築當住處兼事務所使用。此外若是說起在那條街上發生了什麼事件——

「那麼，要開始囉。」

希耶絲塔發出故事要上演後續內容的信號。

「透過接下來的影片，請試著解開我的死亡真相吧。」

【第二章】

◆死者如是復生了

「我想請你們幫忙逮捕復活的Jack the Ripper。」

英國，倫敦。

風靡小姐來到我跟希耶絲塔定居的這間事務所後，坐到對面的沙發上，她一邊抽菸一邊這麼說道。

「……風靡小姐，妳怎麼會大老遠跑來英國？」

「啊啊，我好像還沒跟你們提過，是臨時調派啊。不過話雖如此，任期也只到昨天為止，我很快就要搭下班飛機返回日本了。」

「從沒聽過有這種人事異動……」

加瀨風靡——她是一位我在日本就已熟識的紅髮女刑警。然而我們這次的再度會面，是自從我跟希耶絲塔一起離開日本後時隔將近三年了。

此外就在沒幾分鐘前，她未經預約便突然闖進這裡，也沒對久違的重逢做出任何表示，逕自將方才的委託塞到我們面前。

「這裡禁止吸菸喔。」

「少囉唆。」

太不講理了吧。

「總之，這個重責大任就託付給你們了——幫我逮住 **Jack the Ripper** 吧。」

「妳指的，是那個？」

Jack the Ripper，又名開膛手傑克。是一八八八年在英國發生的連續殺人事件凶手通稱。至今這名犯人的真實身分尚未確定，時間過了一個世紀以後的今天，依然有許多人關注這起事件的離奇之處。

「是啊，就是那傢伙沒錯。最近在倫敦，發生了好幾起跟那傢伙手法相同的事件。就在今天，又找到了一具屍體。」

相同的手法嗎？記得開膛手傑克會將被害者分屍，取出對方的內臟，以殘酷驚悚的手段對人們伸出魔掌——不過。

「那已經是超過百年前的事件了吧？當然，犯人也已經去世了。」

「是啊，所以我剛才不是說了，**那傢伙復活了**。」

「怎麼可能。」

已經死掉的人，是絕對不會復活的。這種事連小學生都知道。

所以，對方的意思應該是——

「也就是說，有個現代版的開膛手傑克出現了，就是所謂的**模仿犯**吧？」

我這麼詢問依然故我、從塗了口紅的雙脣間吐出煙霧的風靡小姐。

「你的解讀未免認真過頭了。不過沒錯，你說對了。」

「那妳一開始這麼說不就得了。」

「我如果不用那種說法，那邊那位小姐根本不會產生興趣吧。」

風靡小姐瞇起眼，將視線投向趴在桌上睡覺的名偵探。

「喂，妳被點名囉——希耶絲塔。」

我搖了好幾下額頭抵著桌面的希耶絲塔……但她卻不為所動。好吧，她只要一開始午睡，這種程度的事情根本吵不醒她，這也在預期範圍內。既然如此——

「妳不躲的話會死喔。」

我起身離席，自後頭的廚房抄起菜刀扔向希耶絲塔。

「……這樣很危險啊。」

結果希耶絲塔保持趴在桌上的姿勢用指尖夾住刀刃，最終，她還是用力伸了個懶腰起來了。

「妳的標準是不危及性命就不醒來嗎？」

我坐回沙發上並無奈地問。

「是給我午睡空檔的人不好。」

「什麼空檔啊，妳有時就連吃飯都能打瞌睡不是嗎？又不是嬰兒。」

「咦，你才沒長大吧？你有時候不是還會玩那個遊戲。」

「在客人面前，現在立刻閉上妳的嘴！」

聽好囉，立刻忘掉剛才說的話，絕對不能再提到。

「所以，到底是怎麼回事？開膛手傑克在現代復活嗎？」

希耶絲塔像小貓一樣「呼啊」地打了個小哈欠並向我問道。

「為什麼妳睡著了還能聽清楚我們的對話啊。另外，妳額頭上有睡覺的壓痕。」

「就算睡覺，我的聽覺細胞還是隨時在工作啊。騙人，在哪？會很紅嗎？」

「不要連妳也說出類似《蝙蝠》的臺詞好嗎？拿去，自己用小鏡子看看。」

「我才不會長出那種噁心《觸手》呢。哇啊，好像某種花紋。」

「哈哈，妳像這樣撥起頭髮，看起來就跟小孩子一樣。沒想到妳的額頭這麼寬啊。」

「吵死人了。你自己還不是一樣，將來絕對會禿頭。而且你的髮質又超細。」

「啊——不要亂摸。煩死了……看招！」

「好痛。嘿，你膽子真大啊，竟敢彈我額頭。」

希耶絲塔臉上浮現好鬥的笑容，猛然朝我撲了過來——

「你們兩個，什麼時候變成這種關係了？」

風靡小姐露出有點傻眼的表情，望著我，以及坐在我膝蓋上的希耶絲塔，接著呼地用力吐出一口煙。

「我們哪有什麼關係。」

「這沒什麼，很普通吧。」

我跟膝上的希耶絲塔對看了一眼。

「「我們是工作夥伴。」」

緊接著，兩人異口同聲說出了這理所當然的事實。

畢竟是我跟希耶絲塔耶，不可能有其他的答案吧？

「嗯，這種事怎麼樣都好。」

很快地，風靡小姐彷彿對自己提出的這個問題失去了興趣，將香菸熄滅並這麼說道。

「我們趕緊去看開膛手傑克的被害人吧。」

◆說起懸疑推理果然少不了搬弄屍體

「這就是《地獄三頭犬》幹的好事了。」

希耶絲塔當場蹲下，看著那具血跡斑斑的男性屍體這麼說道。

這裡是巴洛克式建築的教堂內部——而在現代復活的開膛手傑克，其犯案現場正是在此處。雖然在來這裡之前我們就跟風靡小姐道別了，但她特地先給了我們進入封鎖線內的許可，讓我們能進行現場蒐證。不過——

「妳說的地獄三頭犬是那個刻耳柏洛斯？」

希耶絲塔突然冒出這個跟現場情境不太搭軋的詞彙，令我不解地歪著腦袋。

「你說話聲怪怪的。」

「我最討厭血腥味了。」

「把頭撇開或捏住鼻子，至少只做其中一種吧？」

你自己看——希耶絲塔將裝備在腰際的《七種道具》之一——小鏡子拿到我面前。

原來如此，鏡子上的確映照出一個動作極其怪異的男子。

我遵從這番忠告只捏住鼻子，同時在希耶絲塔身邊蹲下。

這裡是禮拜堂深處。在巨大十字架下方，有一具看似神職人員的男性屍體倒在地上。

「不可以亂摸。」

「我知道啦。我不會留下指紋。」

「你這臺詞說得跟犯人一樣。」

「若真是那樣，事件瞬間就解決啦。」

隨口說了幾句玩笑話後，我雙手合十。

我花了幾秒鐘默哀後才重新睜開雙眼。親眼目睹死者這種事不論經歷幾次都很難習慣。在這十七年的人生間，我由於與生俱來的容易捲入麻煩體質而多次遭遇到死人的場面……那種撲鼻的血腥味，以及人迎接死亡後的混濁雙眼，總是把我的腦袋攪得一團亂。

「所以？妳剛才脫口而出的那個地獄三頭犬，就是最近出現的開膛手傑克真實身分嗎？」

在這景象悽慘的現場，我瞇起眼這麼問道。

一具左胸被挖出一個大洞的神父遺體，重新映入我的眼簾。

「沒錯，那傢伙的代號就是《地獄三頭犬》。據說那隻地獄的看門犬，會胡亂撕咬人類的心臟。」

希耶絲塔一如往常一臉冷靜的表情，將秀髮撥到耳後同時說道。

「妳是指這件事是那些傢伙幹的？」

「還不能就此斷定就是了。」

希耶絲塔以指尖抵著下顎繼續說道。

「不過，百年前那個姑且不論——最近都連續發生這麼多起事件了，警方依然完全無法掌握關於犯人的線索，這也就是說……」

「嗯，我可以猜得出來。」

敵人果然是《SPES》——既然有代號，就代表嫌犯是《人造人》吧。

「那敵人的目的呢？為什麼地獄三頭犬要挖出人的心臟？」

那傢伙總不會真的只是在模仿開膛手傑克而已吧。

「很難想像對方只出於自身的意願就連續犯下這麼多案子，我想一定是根據上頭的指示才這麼做的。」

上頭的指示……的確，三年前我跟希耶絲塔邂逅的契機——那起劫機事件，也是蝙蝠在組織的命令下所採取的恐怖行動。

「好吧關於敵人的目的，只要抓住對方強制吐實就行了。」

「希耶絲塔，妳這傢伙感覺就很像那種會面無表情嚴刑拷問的人。」

「別說得這麼難聽。啊，你剛才其實是希望我那麼對你的意思？」

「最好是啦。妳是有多想讓我染上特殊的性癖。」

這些對話大致上不該在殺人現場出現才對吧。

「不過希耶絲塔，妳說只要逮著犯人讓對方吐實就行……但追根究柢，妳的計畫真能如願嗎？」

已經造成多名犧牲者甚至就連警方都束手無策的傢伙，究竟要怎樣才能逮捕。

「……你手上那個是？」

然而，希耶絲塔並沒有回答我的質問而是將目光轉向我手邊。

「啊啊，妳說這個嗎？這是剛剛臨別時，風靡小姐交給我保管的。」

我為了解悶，從口袋取出那個 Zippo 打火機喀嚓喀嚓地把玩著。

「她說她果然還是要戒菸，就把這個交給我了。」

雖然不明白她的心境出現何種變化，但只要想到以後不必擔心她在家裡抽菸就感激萬分了。

「原來如此。對久違重逢的那個男人，託付自己最重要的東西，是這樣嗎？」

「妳那是什麼感情啊。」

對風靡小姐來說，我的存在不過是偶然在殺人現場遇到的可疑小鬼罷了吧？

等等，現在並不是討論那些無關痛癢話題的時候。

「重點是逮住地獄三頭犬的方法啊。妳有什麼計策嗎？」

如果只是袖手旁觀，犧牲者便會不斷增加。我們有必要盡早採取對策。

「老實說，關於地獄三頭犬犯下的案子，我之前就已經掌握了。」

希耶絲塔再度彎下腰，檢視心臟被挖除的遺體說道。

「嗯，我也覺得妳不會輕易錯過這類異常的事件。」

就算沒人來委託，希耶絲塔也會遵從自身的使命與《世界之敵》戰鬥——她就是這樣一位少女。因此，假使希耶絲塔至今仍無法逮捕地獄三頭犬，那一定有可以解釋的理由才對。

「敵人的《鼻子》似乎相當靈敏，不論我怎麼嘗試接近都會被對方逃掉。」

「原來如此，真不愧是條狗啊。」

就跟蝙蝠的《耳朵》很發達一樣，《人造人》幾乎都會對身體某部分器官重點強化。而這回的地獄三頭犬最自豪的應該就是《鼻子》了。

「不過不知道為什麼，地獄三頭犬明知此時我們也在倫敦，卻依然像這樣不斷犯案。」

「……是陷阱嗎？」

「我本來想說這是個天賜良機呢。」

她還是那個作風強勢的名偵探。

「的確，也存在對方陰謀使計的可能性。不過相同地，倘若錯過了這次機會，下一個大好時機或許再也不會降臨了。」

「話是這麼說沒錯，但具體而言要怎樣才能追到那傢伙呢？」

「反了喔，剛好相反。」

這時希耶絲塔重新站起身。

「不是我們去追地獄三頭犬，而是讓地獄三頭犬來追我們。」

她擺出一副極度認真的表情，說出這番我不明就裡的話。

「聽好囉，反過來說，現在對敵人而言也是一個打倒我們的大好機會。」

「不對吧，地獄三頭犬不是因為怕妳而一直在躲避妳的追捕嗎？那怎麼會——」

我話說到一半，突然冒出一種不好的預感。

「難不成，希耶絲塔妳……」

「你也終於學會進行不錯的推理了嘛。」

希耶絲塔不懷好意地咧起嘴角。

「地獄三頭犬畏懼的人只有我。也就是說，假如你單獨行動，敵人一定會開心地立刻撲上來襲擊。」

「果然妳的企圖是拿我做誘餌！」

這個名偵探，竟然要用我當吸引地獄看門犬出面的餌食。

「自從擔任這項工作以來，你就應該明白遲早有一天會發生這種事才對啊。」

「我絕對沒印象自己有做過這麼壯烈的覺悟！」

可惡，當初說好我當助手，妳就要好好守護我的承諾上哪去了！

「你終於迎來了跟強大敵手交戰的日子啊。」

「別隨便把我打造成什麼傳說中的勇者好嗎？」

「不，傳說中的勇者是我。你頂多是一把我用來割裂敵人的劍……的打造它的鍛造工坊主人……的無法繼承鐵匠事業的農夫之類？」

「太不講理了。」

對之後就得獨自一人面對凶神惡煞的助手，她這種態度未免太過分了。

「那麼，我們差不多該走了。反正現場蒐證也做得很充足了。」

希耶絲塔對我的不滿表情連看都不看一眼，逕自轉身前往出口。

「……接下來打算去哪？」

「唔——一邊跟你商量事情一邊喝下午茶之類？」

「看過殺人現場後直接去喝下午茶的人類，全世界就只有妳一個了。」

此外，這位名偵探在保持苗條身材的同時還是個大食怪。自從來倫敦以後，她經常跑去餐廳大啖週日烤肉（註1）。由於她的高額餐費，害我們悲慘到如果不拚死

註1　Sunday roast，一種英國傳統食物。

工作就無法生活下去的程度。

「……因為我平常都在嚴苛地驅使腦力，三大慾望會比普通人要強一點。」

這時希耶絲塔回過頭，用快得不尋常的語速喋喋不休道。

她會出現這種反應還真稀奇。

看來，希耶絲塔也有跟普通女孩子一樣的一面吧。

「所以妳才一天到晚午睡嗎？」

「愛賴床的你沒資格這樣說我。」

我們一邊彼此開玩笑吐槽，一邊離開犯罪現場。

「妳剛說三大慾望比普通人要強——」

「…………錯了是只有食慾跟睡眠慾。」

◆名偵探遲遲不至

『總之，你就在房間悠哉享用披薩度過餘生……不對，我是說輕鬆打發時間吧。』

「妳會來救我吧？妳會趕在我被殺掉之前來救我對吧？」

這裡是希耶絲塔事先準備好的一個飯店房間。那之後我們去享用了下午茶並討論計畫，接著又吃了晚飯才跟希耶絲塔道別。隨後我一個人躺在床上跟她講電話。讓我充當誘餌把地獄三頭犬引出來……我們正在進行這項作戰計畫的最後確認工作。

『跟你踏上環遊世界的旅程已經快三年了……感覺就像是一眨眼的事啊。』

「不要突然開始懷念過去。要回憶過往等我們都老了再說。」

『剛開始我們總是在吵架……不對，現在好像也是。但也託此之福，每天都不會覺得無聊。』

「就說了不要擅自做好對方會死的覺悟啊！」

就算我是妳的助手也沒捨命相隨的打算喔。

「……所以？地獄三頭犬真的會到這個房間嗎？」

只是既然已經展開作戰計畫，現在就沒法再回頭了。與其這樣，不如把自己的心態調整到怎樣才讓任務順利進行的準備工作上吧。

『放心吧，如果我的預測沒錯，正好在今晚二十四時，你就會被地獄三頭犬咬死。』

「那我不是死定了嗎？」

那就快來救我啊。在事情發生的五分鐘前展開救援行動。

「我的生命怎麼剩下不到三小時了。」

我窺看房間的窗子，外頭已是夕陽西沉了。

『老實說，時間我並不能確定，甚至連是不是今天都不曉得。』

……這麼說也沒錯。雖然地獄三頭犬很可能狙擊跟希耶絲塔分開行動的我，但想要精準預判幾號幾點是不可能的。因此在那一刻到來之前，我都只能躲在這間旅館裡待命了吧。

「希耶絲塔妳在隔壁的房間把守嗎？」

『你這傢伙，是笨蛋嗎？』

又被臭罵一頓，真是太不講理了。

『我要是待在附近，敵人就會警戒不肯現身了吧。』

……是啊，這麼說的確沒錯。

「等一下，那這邊真的就只有我一個人？我真的不會在今晚被殺嗎？」

這可不是在謙虛，我還沒強大到可以獨自一人戰勝《人造人》的程度啊？

『放心吧，基本上我已經做好安排，你還有萬分之一的機率得救。』

「我只有萬分之一的機率活下來嗎？」

『開玩笑而已啦。』

問題在於根本難以分辨妳是不是在開玩笑啊。

「唉，要是妳也能待在同一個房間裡……」

我預想著最糟糕的情況，忍不住嘆了口氣。結果這時——

『……呼嗯——』

接著從話筒另一端傳出的，不知為何像是在捉弄我的口吻。

『原來你是想跟我在同一個房間過夜啊。』

「呿，我不是那個意思。我只是為了自己的人身安全著想。」

『原來你是想跟我在同一張床上睡覺啊。』

「就說不是那樣了。何況妳的睡相超差，天曉得我吃了妳多少發反手拳？」

『原來你是想跟我一起洗澡啊？』

「妳洗澡都洗超久誰有空陪妳啊——」

『真是不坦率啊。』

那還真遺憾啊，這就是我的真心話。

「好了，隨便吧……那麼，時間也差不多了。」

我們在拌嘴胡鬧的時候，心情也不知不覺鬆懈下來。剩下的就只能賭希耶絲塔事先準備的計策能否成功了。我這麼心想，正打算掛斷電話時。

「希耶絲塔，妳現在在外面嗎？」

我在電話的另一端，好像聽到遠遠的汽車喇叭聲。

『咦？呃，是沒錯啦。』

「趁還沒太晚時回家吧。就算不是地獄三頭犬，外頭也可能有其他危險的傢伙。」

『…………』

結果不知為何，她陷入一片無語。

「希耶絲塔？」

『……沒事，抱歉。你把我當成女孩子對待，不知為何感覺很新鮮——』

「嚇到了嗎？」

『害我笑了。』

「有啥好笑。」

竟然笑了，這傢伙。

別人好不容易露出溫柔的一面，她卻突然來這麼一下。

「那我掛電話囉。」

『我雖然不能去你那附近，但至少為了讓你不感到寂寞，還是可以保持電話通話的狀態喔。』

「誰會寂寞啊……不過好吧，假使妳無論如何都不想掛斷——」

『啊——好啦好啦，你不必說完我全都懂的。』

幾小時過後，不希望成真的直覺與預測還是不幸言中，如果要問究竟是什麼說中了，那便是地獄三頭犬的襲擊時間點。

——我察覺到有人的氣息。

如今的時間，以我的體感應該是剛過午夜沒多久。

這個房間本來應該只有我一個人才對……但我現在，卻確實感覺到附近有什麼在活動的氣息。

那通電話結束的數小時內，我叫了客房送餐服務又看電視打發時間，最後連衣服也沒換便早早熄燈上床。為了預防萬一，我假裝睡著等待那個時刻的來臨……結果萬萬沒想到那萬分之一的機率被我抽中了。

敵人，恐怕只有一人。

在所有室內照明都熄滅的幽暗、連空調運轉聲都聽不見的靜謐空間中，如今我的耳朵，確實聽見了手槍保險被解除的聲響。有某個人，正想狙擊我的性命，然而——

「真抱歉啊，我早就習慣**有人想取我性命了**。」

就某種程度，我是以氣息來掌握對方的位置。我以偷襲的方式自床上跳起，用雙腿夾住敵人拿槍的手臂，一口氣完成十字固定的動作。

「……唔！」

自己的安全要自己來守護。

我的確把希耶絲塔當作安全繩，但自己能處理的事還是要自己解決。以前我由於這種體質的緣故而惹來了諸多麻煩，為了應付，我掌握了一定程度的武術技巧，但直到最近才接受希耶絲塔的進一步鍛鍊。

「斷個一、兩根骨頭就忍耐一下吧。」

很抱歉，我對《人造人》是不會手下留情的。

「唔……！」

敵人的手槍脫手了，不過，還是要繼續固定對方。為了給距離這裡有點遠的希耶絲塔爭取趕來的時間，我非得這麼做不可。

「別動啊。要是你敢動就會……等等，嘎？」

固定住對手上臂的觸感突然消失了——當我驚覺這點時。

「咕，哈……！」

臉部傳來一陣銳利的刺痛。我的舌頭破了，鐵鏽味瞬間在口中擴散開來。

「……竟然把自己的肩膀弄脫臼嗎？」

因為太暗看不見對方的模樣，不過恐怕就是那樣不會錯了。那傢伙自行將右肩關節鬆脫，透過讓整個身體旋轉的技巧，給我的臉部來了一記狠踢。這種事，簡直不是普通人能幹得出來的。

「哈哈，這也是理所當然。」

什麼普通人啊。這傢伙可是啃食人類心臟的地獄看門犬——刻耳柏洛斯，也是在現代復活的開膛手傑克。

「希耶絲塔，我只能再拖延三十秒喔。」

我將希望寄於那位不知身在何方的搭檔，同時站穩腳步掃出右腿。這招的目標是敵人剛才掉落的那把手槍，然而，我的腳卻在一步之遙外踢空了。

「可惡……」

被搶先撿走了。緊接著，是一發槍響。我清楚感覺到，子彈從我的臉旁掠過。

「為了殺我不擇手段嗎？」

等得手了，就會把我的左胸撕裂、挖出裡面的心臟吧。

我盡量壓低身子躲在掩蔽物後方。在這種缺乏武器優勢，視野又極度惡劣的環境下，繼續主動出手也沒有任何意義。究竟有沒有什麼道具，可以打破這種窘境——

啊啊，我還有那玩意。

「真不愧是警官，有這種先見之明太強了。」

我取出一直放在長褲右側口袋的 Zippo 點著火，接著扔到床上。

「……唔！」

火勢瞬間擴散開來……並沒有，在那之前，設置於房間天花板的自動灑水設備就啟動了。

「有破綻。」

「……！」

在大量噴灑的水流當中，受到驚嚇的敵人被我撲倒在床上。

「這麼一來遊戲就結束了。」

真抱歉，希耶絲塔，看來這回沒有妳出馬的機會了。

「好吧，該是露出真面目的時候了。」

我將手伸向床邊的照明開關……結果，出現在我眼前的，是一名金髮濡溼貼著臉頰，身穿迷彩服躺在床上的少女。

我反而被自己制伏的獵物震懾了，少女臉龐染上了羞恥抑或是恐懼之色——那對完全不像日本人的寶石般眼眸，因微微溼潤而搖曳不定。

「妳是……」

於是這位少女，道出了自己的名字。

「我的名字是——夏洛特・有坂・安德森。」

◆只有那得意洋洋的表情無法原諒

「夏露？」

我認識這位少女。

夏洛特・有坂・安德森。

雖然是美國籍，但卻繼承了日本人血統的這位十六歲少女，在所屬組織的命令下於世界各地奔波從事特務工作，也曾在希耶絲塔的邀請下跟我們一起行動——也就是說，她跟我也算是有數面之緣了。

「妳還好吧？」

我膽顫心驚地向夏露搭話道。

「……嗯，勉勉強強。」

這時夏露壓住自己負傷的右肩，緩緩從床上爬起來。我也配合她的動作起身，並和床拉開距離。

不過，為什麼夏露會出現在這？為什麼她會帶槍進入我的房間……

「啊，原來是這樣。妳是受了希耶絲塔之託嗎？」

這就是希耶絲塔所說的計策嗎？原來如此。的確，夏露的戰鬥技能完全足以和敵人戰鬥。看來剛才是我一時心急，採取了過度的防衛行動。

「……沒錯。真是的，誰知道你突然就襲擊過來。」

「真抱歉啊。不過妳自己還不是持槍闖入。」

「那是因為，你想，地獄三頭犬有可能比我更先一步啊。」

原來如此，這麼說也有道理。我可能是警戒心太強了點。如果我露出嚇破膽的樣子，一定會被希耶絲塔嘲笑吧。

「嗯，有什麼東西臭臭的。」

這時，夏露嘶嘶地抽動鼻子。

「有嗎？妳放屁啊？」

「你難道不懂優雅這個詞怎麼寫？」

「畢竟我的搭檔就是那個毫無優雅概念的名偵探嘛。」

不過我姑且還是聽夏露的話，前去打開窗戶讓空氣流通。

「是說，君塚你意外地能打，我完全輸給你了。」

夏露在我的背後說道。

「雖說有耍詐的成分在內，但我竟然還是被你制伏了。」

「嗯的確，一對一戰鬥這還是我頭一回打贏夏露。」

或許是平常接受希耶絲塔鍛鍊的緣故吧。我心裡這麼想並將手放在窗簾上，正準備打開窗子時——

「不，我真的能夠打贏夏露嗎？」

這種自我分析實在是太難堪了，簡直是毫無半點尊嚴可言的推測。

然而，我知道得很清楚。

夏洛特・有坂・安德森這名少女有多麼強悍。此外，我也明白最認可她戰鬥能力的是希耶絲塔。因此，夏洛特是絕不可能輸給我的。

「……不，比起那個。」

有一個更簡單明瞭的理論。

「憑她那種不服輸的暴躁脾氣，怎麼可能會如此輕易認輸。」

更何況，對手又是我這個不共戴天的敵人。所以——

「你究竟是誰？」

我轉過身去，對夏露……應該說那個自稱夏洛特・有坂・安德森的傢伙問道。

「原來如此，被識破了嗎？」

那傢伙的音質從夏露變成了一個粗野的男性。緊接著下一秒鐘，那人的整張臉甚至身體都出現了扭曲的變形——最後現身的，是一名身披黑色長袍的強健壯年男子。

「好吧也罷，反正無論如何你的心臟我都會收下。」

「……唔，你果然就是地獄三頭犬啊。」

代號的由來應該是其變身能力……地獄看門犬有三顆頭，這就象徵他可以變成其他人。再加上他的《鼻子》非常靈敏，警察當然會對他束手無策。這麼一來他會至今未被逮捕也是可以理解的。

「不過很遺憾，你模仿開膛手傑克的事件到今天就要畫上句點了。」

我舉起在先前戰鬥中取得的麥格農手槍，瞄準敵人的額頭。

「你這傢伙的確也有兩把刷子。我原本以為你只是那個名偵探的跟班，看來必須修正我的認知了。」

地獄三頭犬這麼說完，靜靜閉上眼在胸前雙手合掌。這種謙恭的姿態跟剛才他那番傲慢的發言恰好相反，表現得簡直就像一名神職人員。不過，我這種感想也只維持了很短的一瞬間。

「今晚是滿月，鮮血在呼喚我了。」

突然，地獄三頭犬全身肌肉開始隆起，沒多久他的表皮就被濃密的毛髮所覆蓋。這副姿態，簡直就像——

「你是狼人嗎……」

是不是跟地獄三頭犬搞混了啊？不過現在的氣氛不容我隨便吐槽。

「被我射中不要抱怨啊。」

我扣動扳機，發射子彈，然而——

「打得中再說吧。」

地獄三頭犬以宛如野獸的敏捷動作躲過了子彈。

「咕……！」

等他閃避掉所有攻擊後，巨大的身軀便朝我撲了過來。

眼前是銳利的爪子，我這邊已彈盡援絕。

領悟到慘劇即將上演，我閉上眼睛——

『快趴下。』

聽見**話筒冒出了這個說話聲**，我在千鈞一髮之際伏倒身子。

「——嘎，哈！」

接著是槍聲跟粗野的慘叫聲響起。我睜開眼，一個自肩膀處流出深紅色血液的獸人倒在地上。

「……結果剛才開窗反而救了自己一命嗎？」

這時我才想到原來電話沒有掛斷，便將手機湊到耳邊對那傢伙說道。

「是說，妳為什麼一直保持沉默啊？總不會又睡著了吧？」

結果這時。

『反正都趕上了，那又有什麼關係。』

電話裡的那個聲音，沒多久就直接從我背後響起。

我把所有的不滿都堆到臉上，轉頭望向身後——只見一個面露得意之色的白髮少女正站在巨大的窗框上，朝我這麼說道。

「想我了嗎？」

◆紅蓮之惡魔、冰之女王

「那麼，接下來——」

希耶絲塔說到這拿起滑膛槍，朝倒在地上的地獄三頭犬衝過去，騎在他身上以槍口對準他。

「這場面似曾相識啊。」

三年前，那架客機中的一幕從腦中一閃而過。當時希耶絲塔也是像這樣，用槍口抵著蝙蝠的腦袋，漂亮地制伏了那名劫機犯。

「……妳這傢伙，是什麼時候到這附近的？」

被壓在地上的地獄三頭犬，正以苦悶的表情呻吟著。

「至少根據我《鼻子》的偵測，絲毫沒有妳半點存在感……結果卻……為什麼？」

確實是這樣，這就是希耶絲塔的作戰計畫吧。我獨自一人充當誘餌，而她則躲到地獄三頭犬《鼻子》無法發揮能力的場所……然而希耶絲塔卻還可以在不被他察覺的狀態下闖入戰場。

「看來這裡還殘留著一點味道呢。」

這時希耶絲塔嘶地抽了一下鼻子。

「殘留有味道？」

「哎呀，難道你沒發現嗎？直到你開窗之前，這個房間原本充斥著某種特殊的氣體呢。」

「氣體……？啊，這麼說來。」

當地獄三頭犬還偽裝成夏露時，曾表現出在意這個房間臭味的樣子。難不成就是那個……不過，希耶絲塔是什麼時候留了這一手？

「是那個啦。」

希耶絲塔語畢，手指向天花板——不對。

「是滅火的灑水設備嗎？」

恐怕這個才是希耶絲塔安排好的詭計吧。她看到我隨身攜帶Zippo，便預測到之後的戰鬥很可能會觸發自動灑水系統，便在水中加入別的氣體。接著鼻子過度靈敏的地獄三頭犬，果真被這種氣體麻痺嗅覺，完全沒聞到希耶絲塔已經來到距離很近的地方了。

「……還是一如往常地準備周到啊。」

簡直就像希耶絲塔打從一開始就預判了一切的發展般。

「總之就是這樣，我贏了，乖乖投降吧。」

希耶絲塔再度以槍口用力頂了頂地獄三頭犬。我應該趁現在聯絡風靡小姐……

當我這麼想並拿取手機時。

「我還不能被逮住。」

地獄三頭犬不由分說便讓自己的身體**急速縮小**。

「唔，變身能力！」

一瞬間，他的身體就變得跟小孩一樣嬌小，緊接著他便從希耶絲塔的束縛中逃脫。

「助手！關窗！」

是啊，豈能讓你逃跑……！

我慌忙衝向背後的窗戶，試圖堵住地獄三頭犬的逃生之路……然而。

「你太慢了。」

這時他已經變回獸人的模樣，輕鬆飛越我頭頂上方。

「我還肩負著使命。再一顆，只差一顆，我一定要拿到剩下那個活生生的心臟——」

隨後他翻出了窗外——

「既然如此，就用不著你了。」

鮮血噴濺而出。

緊接著，地獄三頭犬的腦袋——只有腦袋，掉到了窗外。而那具被削去頭部的軀體，緩緩仰躺倒下。

「……嘎？」

我無法理解眼前的光景。地獄三頭犬怎麼會死了？

是誰？到底是誰幹的？

「助手！」

是希耶絲塔在喊叫。她的聲音好像有點焦急，充滿了我至今從未聽過的緊迫感。

「小心。」

然後她將滑膛槍轉向窗邊。不過在我眼中，那滑膛槍好像正微微搖晃著。

「像這樣實際面對面還是第一次吧，名偵探小姐。」

一個冷冽無比的聲音傳來。坐在窗框上的那傢伙，甩動想必是剛才解決掉地獄三頭犬的佩劍，清除附著於上頭的血跡。

「妳是……」

一頭烏黑短髮的紅色眼眸少女，身著胭脂色的軍服，腰際插著好幾把佩劍。年紀大概跟希耶絲塔差不多吧。在軍帽和立領的遮掩下，看不清楚她的長相。只是，那個一直無懈可擊的名偵探竟會如此提高警戒，這傢伙究竟是——

「我名叫海拉。代號是——海拉。」

坐在窗邊的她，以布擦拭被血汙弄髒的劍並這麼淡淡地宣告。

「代號……所以說，這傢伙也是？」

「她是《ＳＰＥＳ》的最高幹部。」

這時靠近我身旁的希耶絲塔以一臉嚴峻的表情喃喃說道。

「海拉——是那個北歐神話中，掌管冰之國『海姆冥界』的女王名字。」

「代號的命名感覺沒有規則可言啊。」

不過至少，可以清楚感覺出來她跟蝙蝠或地獄三頭犬的層級完全不同。

「那麼，接下來。」

只見海拉逕自從窗框跳下來，連看也沒看我們一眼就走向地獄三頭犬的屍體。接著她當場蹲下身——用手持的劍猛然戳進地獄三頭犬的左胸。

「……唔。」

這種悽慘的光景讓我忍不住想嘔吐。不過海拉的臉上卻毫無半點情感，還用自己的左手插入地獄三頭犬的左側胸膛……隨後，她就從那一片血海中抽出某樣物品。

「這麼一來，最後的零件就湊齊了。」

海拉滿是鮮血的右手，握著一個小而漆黑、類似礦物的玩意。

「那麼，接下來的作戰計畫就是把這個帶回去……」

「妳以為自己走得了嗎？」

希耶絲塔用銳利的眼眸瞪著海拉。她這麼說的時候，手裡的滑膛槍已不再顫抖。

「咦，是嗎？」

海拉也用視線回敬希耶絲塔。

「但妳無法射擊我了。」

「妳說什……？」

霎時，希耶絲塔像是察覺到什麼般挑了挑眉尾。

「除此之外，**妳也無法從那邊踏出一步更無法發出任何聲音。」**

海拉那血紅的眼珠發出了妖異的光芒。希耶絲塔見狀瞪大雙眼，簡直就像魚從水面探出頭尋求餌食般嘴巴一開一闔，但最後卻一句話都說不出來。

「難不成，這是《人造人》的能力……」

海拉若也是《SPES》的一員，那她擁有特殊能力的可能性就相當高。看這種情勢，她是具備操控他人行動的能力嗎……？

不過，我現在本來就沒有冷靜思考這種事的餘裕。既然希耶絲塔的行動已被封鎖住，那麼，說起敵人接下來會採取的行動，就只有一個——紅色軍服少女朝我疾行而來。

「來吧，讓我們一塊去地獄一遊。」

這一瞬間，我的意識便與這個世界隔絕了。

◆提前面對一年後的未來

「這裡是……」

我睜開眼，陌生的昏暗空間映入眼簾。

「……唔。」

雙手被上了手銬，腿上則有腳鐐。屁股下的那張椅子，椅腳似乎也被固定在地板的水泥裡。再加上有股強烈刺鼻的霉味，剛才的喃喃自語又有回聲……這裡是地下室嗎？

「看來你好像醒了。」

倏地，有個人影自幽暗中浮現。

壓低且蓋住眉眼的軍帽，紅色的立領軍服。雖然幾乎看不見對方的表情，但不會錯了，把我抓到這裡來的這傢伙就是——

「海拉……！」

沒錯。我在那間飯店遇到了這傢伙，然後。

「這裡是哪裡？妳打算……殺了我嗎？」

我喉嚨忍不住發出咕嚕聲。刻意把我從希耶絲塔身邊帶開，並關到這種地方的用意究竟是——

「你，想不想成為我們的同伴？」

這個完全出乎意料的答案，使我的思路一瞬間凝結。

「妳這傢伙，在說什……」

這時海拉冷不防繞到我的背後。

「啊啊，我剛才的話有語病——應該說，我希望你成為我的搭檔。」

她的聲音像是在舔拭我的耳朵般，害我渾身冒出雞皮疙瘩。

「……我不懂妳的意思。讓我當妳的搭檔，對妳有什麼好處？」

「你對自己的評價太低了。」

「請說我謙虛。」

在這種時候我也很自然地冒出了玩笑話。

不，正因為在這種時候才要這樣，對吧。如果我不放輕鬆一點，就難以保持理智了。眼前這傢伙……海拉的確具備了能讓人渾身發抖的強大震懾力。

「不對，這是因為精神太過亢奮而引發的顫抖。」

「我可什麼都沒說喔。」

「妳要是以為我嚇得失禁了不妨來確認一下。」

「原來如此，**你們**平常都是像這樣打打鬧鬧的。」

海拉淡漠地一笑，終於從我的背後離開。

「……原來妳也會笑啊。」

「啊哈哈，太過分了吧。你把我當成什麼？」

海拉一邊發出喀喀的鞋聲，一邊繞著我的椅子大步走著。

「不具備情感的惡魔？語言不通的怪物？還是絕對無法相互理解的反派？」

簡直是太過分了，海拉再度發出苦笑。

「竟然對一個普通的**女孩子**這樣。」

海拉這麼說著並從我面前橫切過去，手上打開一本不知從哪取來的厚重書籍，目光落在書頁上。

「如果只是一個普通的女孩子，會像那樣把自己的同伴殺死嗎？」

我回想著海拉在那座飯店對地獄三頭犬出手的畫面並如此唾棄道。

「同伴？啊哈哈，錯了。那不過是推動計畫的一個**零件**罷了。」

海拉彷彿認為很可笑般發出了尖銳的大笑聲。做事不經考慮，態度一派輕鬆，模樣天真無邪——且凶惡，這些符號就是海拉這位少女的象徵。

「妳也打算把我當成用完就扔的棄子嗎？不然，讓我當妳的搭檔究竟對妳有何好處。」

我一點也不認為，她是真心想找我當她的搭檔的。這傢伙究竟在動什麼歪腦筋。

「說起你當我的搭檔我能獲得什麼好處嘛……」

海拉邊說邊繼續看著手邊的那本書。

「不過，在討論好處或壞處之前，《聖典》上所記載的是絕對正確的。」

「聖典？」

是指海拉手上那本書吧。

「雖說我擁有的只是那本書的一部分而已。此外在這上頭，還記載了日後你身上會遭遇的未來。」

「這怎麼可——」

「——你覺得不可能嗎？然而，這才是真實。舉例來說，地獄三頭犬死在那個房間，以及你來到這裡的發展，確實在這部《聖典》中有記載。」

這只是她的權宜之計罷了。把已經發生的事，說得好像很久以前就被預言過一樣。

「你的眼神完全就是一副不相信的樣子啊。」

「是啊，不過請別介意。我是那種只相信自己的人。」

「真巧，我也一樣。」

是嗎？那或許我們能變成好朋友吧，雖說我一點也不想就是了。

「這麼說好了，你聽過《納迪葉》嗎？」

海拉繼續攤開書本對我問道。

「納迪葉……我印象中，是西元前印度聖人所遺留下的預言書……」

在希耶絲塔平時經常說給我聽的雜學跟小知識中，我記得就包含了納迪葉的資訊。在很久很久以前，印度的聖人投山仙人，將神所賜予的神諭，用古坦米爾語寫在棕櫚葉上，大致就是這樣吧。此外那上頭好像還記載了，未來每一個人類獨一無二的人生經歷。

「這部《聖典》就是以《納迪葉》為骨幹所誕生的書籍。關於你的未來也記載在上頭喔。」

海拉還是低著頭看向那本攤開的書，在寬闊的房間裡來回走著。

「舉例來說，距今大約一個月後，你會重返你一直嚮往的日常生活，回去當一個普通的高中生。」

「不可能。那個名偵探是不可能那麼簡單把我放走的。」

當然，若是可以在一個月後完全剷除《ＳＰＥＳ》，迎接完美的快樂結局再返回日常生活，這樣的發展我舉雙手歡迎。

「然後又過了一年，你的身分與其說是助手不如變成了偵探，開始著手解決各式各樣的難題。」

「那也不可能。我永遠都只能當希耶絲塔的助手而已。」

畢竟那傢伙，怎麼可能把偵探這個美妙的寶座讓給我呢？

「被忘卻的心臟隱含著記憶，市價三十億元的奇蹟的藍寶石，還有名偵探所留下的遺產——假使一年後你還能記得上述這些詞彙，就來核對一下預言是否正確吧。」

「從剛才妳就在扯什麼啊？我完全聽不懂妳的意思耶？」

「跟你《容易被捲入麻煩的體質》有關吧。」

砰——海拉闔上書並這麼說道。關於我的那種體質我並沒有向對方提起過，難不成這件事一開始也被記載在《納迪葉》上了嗎？

「不過對於你的體質，我有稍微不同的看法。」

「……妳的意思是？」

「你並不是被捲入，而是你自己要插手的。」

對象是整個世界——海拉裝模作樣地大大攤開雙手。

「你所具備的，是某種可以改變事物、引發事件的力量——所以你本身才是這個世界的中心啊。」

因此——海拉繼續說道。

「我要讓你成為我的搭檔。跟我一起，拯救這個世界。」

那對緊盯我的紅色眼眸發出了妖異的光芒。

「妳說錯了吧，難道不是毀滅世界嗎？」

「對我而言那才是救贖。」

「讓世界毀滅，就能得到妳想要的事物嗎？」

「或許可以那麼說。」

「那如果我拒絕呢？」

「也沒關係。」

這時海拉一個轉身，朝別處走去。

「真要說起來，根據《聖典》的記載，你要屬於我還得等一段時間。不過，讓事情盡快發展是父親大人的——」

說到這，海拉沉默了。

父親大人？那是指誰？

「是說真可惜啊，你若能成為我的搭檔，明明可以得到各式各樣的附加優惠。」

結果海拉好像沒說過方才那番話一樣，用戲謔的口吻繼續說道。

「首先最大的好處是，你可以不勞而獲。」

「一下子就給我這種破格的條件啊！」

真想給某位把我當下人使喚的名偵探聽聽。

「從早到晚用大螢幕玩遊戲都沒關係。」

「妳是天使嗎？」

「不管是各種點心、冰淇淋或泡麵，隨你什麼時間愛吃多少就吃多少。」

「搞不好妳是神呢。」

喂那個白髮的名偵探，聽見了嗎？現在有個對我超好的反派出現了喔，距離我倒戈只剩下兩秒鐘了。

「所以，你意下如何？」

接著，這位軍服少女對坐在椅子上的我伸出右手。

「你——就當我的搭檔好了。」

臉上掛著天真無邪的微笑，她對我拋來如此充滿魅力的提議。

而對此我的答覆是。

「好啊，我當然——拒絕。」

真抱歉啊。從以前到現在我都是個謹慎小心的人，當要下決定的時候，比起好處，我會將判斷基準放在壞處那邊。

「比起妳，跟希耶絲塔為敵好像更可怕啊。」

我對這個自己所陷入的諷刺抉擇掀起嘴角，並正大光明拒絕了海拉的提議。

「應該說，妳本來就不期待我會跟妳攜手合作吧？」

「啊哈哈，被發現了嗎？」

海拉就像惡作劇被逮著的孩子般笑了起來，接著她一個轉身又走向別處。至於我，則趁海拉背對我的時候，偷偷尋找打開手銬的方法。

……真是的，把我五花大綁起來，竟然還有臉大剌剌拉攏我加入。這代表她打從一開始就把我會拒絕的結果列入考量當中了。

「那麼要說是備案或許有點怪怪的，不過我有個東西想讓你看一下。」

緊接著，下一瞬間，附近一帶都被微弱的光芒所籠罩。是海拉把電燈開關打開了嗎？我這麼心想並環顧四周的同時——

「這，傢伙，是什麼……」

在我視野所及的範圍內，有**某種東西**隱藏在黑暗中。

關在鐵籠中的那傢伙，看似巨大的爬蟲類……但實際上，我從來沒見過這樣的生物。要說有什麼比較接近的概念，就是以前我曾在電影裡或什麼地方看過、被稱為外星人的某種怪物。

目測全長將近四公尺，頭部上看不出任何類似眼睛的器官，巨大的下顎長著利齒。口中定期會滴落類似黏液的玩意，可以視為是一種最低限度的生命跡象。那傢伙待在原地一動也不動，難不成現在是在睡覺嗎？

「那是《生物兵器》喔。」

海拉淡然地說道。

「這孩子的吐息，含有能輕易跟大氣中氧氣結合的毒素。」

「……妳是打算用這玩意製造恐怖攻擊嗎？在倫敦這座城市。」

「你說對了。這是《聖典》所記載的未來歷史，也是神的救贖。」

「妳信的是邪教吧……」

唔，光是《人造人》還不夠滿意，現在甚至連這種東西都弄出來了。要是把這怪物放到大街上……對了，話說，這裡究竟是哪啊。那傢伙，到底打算把這怪物放到什麼地方？感覺這裡應該離倫敦不會太遠吧……

「啊啊，這麼說來，還沒回答你關於這裡是哪裡的問題呢。」

海拉對鐵籠伸出手，慈祥地摸著《生物兵器》的頭並說道。

「這裡是英國國會議會廳——西敏宮的地下設施。」

◆現在還裝冷靜也沒有意義了吧

「……在一國的核心機關正下方弄出了這樣一個場所，看來你們應該有相當強大的內應吧。」

這三年間，我雖然跟希耶絲塔攜手持續對抗《SPES》……但卻無法完全阻止他們的進攻。看來，敵人入侵的層面已經遠超過我們設想的高度了。

「沒錯。正如你所說，我們的同伴在全世界分布於各個領域。包括政治家、財閥、警官、宗教家……搞不好你身邊的某人，其實也是《SPES》的一員也說不定。」

「那感覺還真像地獄啊。」

我很不爽地吐出這麼一句……同時趁海拉在看著《生物兵器》的空檔，將隨時放在胸前口袋的鐵絲咬出來。接著，將鐵絲插入束縛我手腕的手銬鑰匙孔……再憑藉長年的經驗與直覺，隨手轉動起來。畢竟我這種容易被捲入麻煩的體質可不是自誇的，綁架、監禁根本是家常便飯。

「不過，為什麼要把這個恐攻計畫告訴我？」

我以不會讓對方起疑的程度繼續進行對話。

「給我看這樣的怪物是有什麼打算？想把我當作餵牠的第一個餌食嗎？」

這時海拉回道。

「餌食，是嗎？」

背對我的她突然停止動作。

「……呃，我只是隨便舉個例。」

說了多餘的話啊……拜託我可不想被那種噁心的怪物吃掉……

「這是個不錯的方向。可惜，猜錯了。」

……好險啊，撿回一條小命。

但同時，海拉所說的「方向」也令我感到非常在意。難不成——

「妳想把這傢伙放到市街上，讓牠去吃人嗎？」

「啊，不對不對。餌食的話，已經餵給牠足夠的量了。」

「餵過餌食了？……唔！」

原來是這麼回事啊。最近這陣子，以倫敦為中心所發生的地獄三頭犬狩獵心臟事件，其真正的用意是——

「所以這個怪物，**是吃人類的心臟嗎**？」

那就是餌食，或者說動力來源。《生物兵器》是依靠人的血肉來運作的。

「咦，你的直覺真的挺準的嘛。果然，當我的搭檔再適合不過了。」

「唔，剛才不是說過我心領了嗎？」

我終於解開了手銬，接著用重獲自由的雙手迅速去除腳上的束縛。就這樣，當我正打算朝風聲傳來的方向轉身逃逸時——

「你想上哪去？」

一瞬間就被抓包了。好吧，反正用正常的方式逃跑也只會被逮回來而已。

「對遲早會成為搭檔的你，希望你務必看清楚之後的發展。對吧《參宿四》。」

海拉對《生物兵器》呼喚著應該是名字的稱呼，並自軍服的袖口內取出了什麼。

「那個像黑色礦物的玩意是……」

沒錯，那便是海拉從地獄三頭犬左胸拔取的東西。假使人類的心臟是牠的能源，那這恐怕就是啟動《生物兵器》最後一把鑰匙——

「參宿四，工作的時間到了。」

接著海拉將那顆小石頭塞進《生物兵器》的左胸，霎時——

「——唔咕嚕——咕——唔——吼嘰呀啊啊！」

咆哮聲在地下走道響徹著，這是《生物兵器》甦醒的信號。

這隻巨大身軀的怪物，就像之前壓抑牠的枷鎖全都彈飛般，以全身用力撞向鐵籠，爆發出內心的亢奮。緊接著——

「啊啊啊啊啊啊啊啊啊啊！」

伴隨激烈的衝撞聲，鋼鐵牢籠一轉眼就從內側被衝破。那隻怪物簡直像失去自制能力般，繼續朝眼前的海拉撲過去，似乎就要從頭把她一口吞下。

「真是的，別胡鬧了。」

海拉鮮紅的雙眸直射向怪物。結果，下一秒鐘。

「——唔！嘰呀啊啊啊啊啊。」

海拉用肉眼追不上的高速抽出了幾把佩劍，插進參宿四的身體各處。

「稍微冷靜一點，好不好？」

結果參宿四一下子變聽話了，簡直就像一隻巨大的寵物般蹲坐在原地。

「把這樣的怪物放出去？……妳沒瘋吧。」

「那是命運，也是我的使命。」

「既然這樣只好阻止妳了，就在此時此地。」

「咦，光憑你這個人？」

海拉扭曲著豔紅的唇。

「妳的笑容很美。」

「哎呀，你現在是想把妹嗎？」

「那只是社交辭令啦。抱歉，我是絕不可能當妳的搭檔的。」

我們互相開著最後的玩笑，並確信這就是訣別了。

「是嗎？真遺憾。那你現在只好在這裡乖乖欣賞這座城市被毀滅了。」

這麼說完，海拉便跳到參宿四身上，跨坐牠的脖子。想必她是要直接衝出地面，首先打擊這個國家的中樞機關吧。

然而，我剛才的確說過。

「此時此地，就要阻止妳。」

「我也說過了，你能怎麼辦？連武器都沒有的你，究竟要如何阻止我？」

「妳才是有天大的誤會吧？我有說**是由我來阻止妳嗎？**」

這種耍帥又吃香的角色，那傢伙是絕對不允許由我來扮演的吧？

「——助手！」

彷彿一抹亮光闖入了幽暗般，一個溫暖的聲音不知從何處冒了出來。

「助手……你在哪！」

那個說話聲越來越接近，最終從左側的牆壁清晰傳來。

「助手……！助手你在哪！助手！」

……呃，也不用連喊那麼多次吧。稍微冷靜點，我就在這裡。

「喂！助手……助手不在這……你在哪！我說助手！助手……也不在這，助手……！」

那個……也不必急成這樣吧，呃，妳還好嗎？

等一下面對面了不會覺得很尷尬嗎？

「……唔，啊啊，牆壁真是煩死人了，給我消失，破壞掉，全都破壞掉。」

緊接著，在下一瞬間，伴隨震耳欲聾的轟隆聲。

「助手！」

乘坐巨大機器人的希耶絲塔，豪邁地打破牆壁闖了進來。她坐在部分透明的駕駛艙上，臉上浮現前所未見的焦急表情，自豪的銀白色秀髮也變得凌亂不堪。

然而，肩膀因喘息而激烈上下的希耶絲塔，終於還是在視野中捕捉到毫髮無傷的我，雙方互望了整整十秒鐘後——

「呼，真是個只會給我添麻煩的助手啊。」

「現在還裝冷靜也沒有意義了吧？」

◆妳是天使，我是怪物

我重新觀察希耶絲塔所乘坐的《人型戰鬥兵器》。

這架以白色為基調並覆蓋裝甲的機體，全長略勝於海拉所操縱的《生物兵器》大約有五公尺左右。靠近機體的頭部有一部分是玻璃材質，可以窺見希耶絲塔就坐在裡面。恐怕那裡就是駕駛的座位吧。

這架機體簡直就像是從機器人動畫裡走出來的一樣。粗大的手臂與雙腿極富特徵，關節部分還有看起來像飛彈或子彈的發射口，這傢伙被稱作戰鬥兵器可說是相當貼切。

……然而，正因如此，我腦中浮現一個疑問。

「希耶絲塔，妳是怎麼弄來這玩意的……？」

從我被綁架算起，恐怕只過了短短幾個小時而已。在這麼緊迫的時間內她究竟是怎麼準備好這架機動兵器的？對於我這個理所當然的疑問，希耶絲塔表示。

「……呃，該怎麼說，路上撿到的？」

她很不自然地躲開我的目光這麼答道。

「騙鬼啊！這種東西怎麼可能掉在馬路上！」

「……千真萬確啊。完全沒料到你會被綁走，內心動搖的我一時激動就找英國政府商量，結果這不就借來了英軍正在祕密開發的人型戰鬥兵器《天狼星》嗎？」

「比我想像中更費力氣嘛……！」

她還是忍不住全部說出來了，果然是非常不擅長說謊。

「希耶絲塔，妳這傢伙為了救我也太拚命了吧。」

「……唔！……就說了，不是那樣。」

希耶絲塔這麼咕噥的時候，很遺憾因為把臉撇開了所以看不見表情。

「真是的，對我未來的搭檔做出如此熱情的互動，真是令人忍不住嫉妒呢。」

有個人說著這番臺詞，但跟內容相反，語調倒是無比冷淡。

「海拉。」

在機體的駕駛席上，希耶絲塔用那對碧眸瞪著海拉。相對地，海拉也跨坐在採取前傾姿勢的參宿四脖子上，擺出了應戰的態勢。

「絕不允許妳繼續在這座城市裡恣意橫行。」

「妳真以為自己有辦法嗎？阻止我——阻止命運。」

這是雙方開戰的信號。

「——吼嘰呀啊啊啊啊！」

怪物發出啼叫，驅使四條腿朝這邊猛衝過來。

「助手！」

艙門打開，希耶絲塔從駕駛席探出上半身，朝我伸出右手。我抓住她的手被她拉上去，身體順勢滑入機體內。

「……這裡太窄了吧。」

「因為是單人駕駛啊。」

我跟希耶絲塔，擠在狹窄的駕駛艙內緊貼著身子，面對和怪物的戰鬥。

「我負責右邊，你控制左邊。」

「不要一下子就叫我操縱啊，我可是連普通小汽車的駕照都沒有。」

「我有什麼辦法，擠成這樣，我的手碰不到你那邊的控制設備。看，那傢伙要來了。」

海拉所騎乘的參宿四，迅速從對手的左邊飛撲過來。

「……咕，知道啦！」

沒空遲疑了。我仰賴直覺抓住操縱桿，試著操作機體……結果。

「唔喔喔喔？」

我們所乘坐的天狼星，一下子失去平衡摔倒了。

「痛死了……所以這是腳的操縱桿喔。」

可惡，本來還想帥氣地發射火箭飛拳咧。

不過，結果反而對我們有利。突然撲空目標的參宿四好像狠狠摔到了我們後頭。敵人也是剛甦醒的怪物，儘管一身蠻力但難以控制的情形應該是跟我們差不多的。

「……你都有空冷靜分析了，為什麼還不快點從我身上閃開呢。」

「嗯？……啊！」

我這才回過神，原來剛才摔倒後，被我壓在身體正下方的希耶絲塔正不滿地翻起白眼。看來似乎是在偶然之下，我的手摸到了不該摸的部位，於是我慌忙抽起身子。只是話說回來，在這麼狹窄的駕駛艙內，我幾乎沒有遠離對方的空間。

「真沒辦法。果然還是由我操縱比較好。」

「可是，兩個人一左一右妳就摸不到這邊的操縱桿了。」

「那是一左一右的時候，對吧。」

……原來這才是她打的主意。好吧，也只能這樣了。

「——吼嘰呀啊啊啊啊！」

背後的《生物兵器》正發出啼叫。我們連忙調整好身體姿勢，操縱控制桿，讓倒下的機體恢復原狀。

「你要是趁機摸不該摸的地方我會瞧不起你喔。」

「妳對助手的信賴度是零嗎？」

我一邊繫上座位的安全帶一邊嘆氣道。

「開個玩笑而已啦。那麼這次真的要上囉——天狼星，出發。」

說完，坐在我的膝上的希耶絲塔緊抓住操縱桿。

「前進。」

引擎猛然啟動促使機體迅速前進。至於目標，則是那隻用四條腿爬行的駭人怪物。

「唔喔……！」

憑藉推進力，雙方的距離一口氣拉近。

「堂堂正正決一勝負吧。」

眼前是騎在參宿四脖子上的海拉。伴隨著激烈的撞擊聲，《人型兵器》與《生物兵器》扭打成一團。

「真沒想到，竟然連這種怪物都創造得出來。」

希耶絲塔將操縱桿向前推，死瞪著在玻璃另一側騎乘怪物的海拉。

「妳才是，給我增加了不必要的麻煩。」

相對地，海拉也以那鮮紅冰冷的眼眸射向希耶絲塔。她的氣息跟之前和我對話時的舒緩大不相同，可以清楚感覺到她的敵意。

「因為，那是我的使命。」

希耶絲塔這麼說道，將指尖放在某個按鈕上。緊接著，天狼星的手腕附近便連續發射子彈。

「——唔。」

海拉見狀則用佩劍稍稍刺入參宿四的背部，以痛覺來控制牠的行動，並閃避我方的攻擊。她的動作簡直就像用馬鞭駕馭坐騎的騎師。

不過，或許是認為比物理攻擊對她不利，只見海拉操控參宿四，無視我們並在地下通道以四條腿全力急奔。

「希耶絲塔，別讓她逃了！那傢伙的目的是把怪物放到市街上！」

沒錯，對海拉而言，跟我們對決並不是必要的事項。這條地下通道的正上方就是英國國會議會廳。假使那邊受襲擊，損害的規模恐怕難以估計。

「我知道啦。不要因為閒著沒事幹，就突然扮演起講評的角色。」

「太不講理了……」

希耶絲塔死命將操縱桿往前推，試圖趕上海拉跟參宿四。

「真是的，煩死人了。」

眼見我們糾纏不休，海拉抽出腰際的數把佩劍對準我們扔了過來。

「……唔。」

希耶絲塔也不服輸，以天狼星搭載的機槍試圖迎擊——然而，威力毫無疑問是我們占上風，機動力卻是那隻怪物的強項。天狼星發射的子彈全都被閃掉，只能無謂地劃破虛空。

「海拉……妳為什麼要採取這種恐攻行動？」

希耶絲塔一邊尋找致勝的機會，一邊跟敵人在宛若隧道的地下通路賽跑。

「什麼為什麼？因為那就是命運啊。」

跨坐參宿四的海拉，瞥了一眼跑在旁邊的我們說道。

「那並非我的意志。我只是遵從《聖典》的內容罷了。」

「唔，妳怎麼就只會說這個啊。」

由於根本無法溝通，我不禁不耐煩起來。

此外，希耶絲塔似乎也有同感。

「錯了，我並不是要問這是否出於妳的意志。我想知道的是，妳究竟懷抱什麼想法去引發這樣的恐攻行動？」

天狼星試圖以右臂揮打參宿四……結果，那傢伙果然又以輕巧的身法閃躲過去。

「我的想法？已經說了好幾遍，我的行動不過是實行《聖典》所記載的未來罷了。只有那個是我的存在意義，也是我誕生的唯一目的。」

海拉把劍刺入參宿四的背部。怪物微微發出呻吟後，再次提高奔跑的速度，爬在牆面上逃逸而去。

「希耶絲塔！」

「放心，不會讓她逃走的。你抓穩了。」

「好，拜託妳了！」

「我的確是叫你要抓穩，不過沒想到你會從後面那麼用力抱住我的腰啊。」

又沒有其他可以抓的地方，我也沒辦法啊。

天狼星腳底附近的引擎轟然噴出火光，這讓我們又一口氣拉近了和參宿四的距離。

「妳剛才說，阻止我們就是妳的使命，對吧？」

海拉對窮追不捨的我們冷漠瞥了一眼後，這麼說道。

「那妳又為什麼要當偵探？為什麼要守護人類？那也不過是妳這個存在誕生的理由罷了。道理是一樣的，正如我的情形。就好比妳生下來的目的是守護這個世界，我生下來的目的則是要毀滅這個世界。背負了這樣的天職我才能享有生命。控制欲？破壞衝動？才不是那些玩意。我不過是遵從與生俱來的本能。」

下一瞬間，參宿四冷不防轉換方向，咬住了我們所乘坐的天狼星咽喉。裝甲被利牙侵入，令人不快的金屬摩擦聲響徹著。

「……！妳的意思是我們本質相同？甚至沒有善惡的區別？」

希耶絲塔操縱天狼星，反過來將緊咬不放的參宿四幾度甩向牆壁和地板。《人型兵器》與《生物兵器》，彼此施放物理攻擊，糾纏扭打成一團並繼續朝地下通道的出口逼進。

「善惡的區別？我才不在乎，有沒有都無妨。」

海拉以佩劍刺入天狼星的雙腿關節部位，這讓機體搖晃了一下，趁這一瞬間的空檔，參宿四這回開始**往上爬升**。這證明離地面的出口已經很近了……而且，一出去就是國會議會廳，想在地下通道裡面阻止牠已經很困難了嗎……

「希耶絲塔！」

「引擎，開到最大！」

我從她腰後伸出手，搭在希耶絲塔的手上一起往前推操縱桿。這時天狼星的背部伸出了巨大機翼，伴隨著迅速發出的引擎轟隆聲，機體浮上半空中。

而且就在這時，地下設施的天井打開了，外頭是一大片漆黑的天空。

「就算妳是善、我是惡，那也無所謂。」

海拉跟參宿四一塊兒，飛出了外頭的世界。

「等等……！」

我們也讓天狼星飛上天空，追逐她的去向。

夜空有月亮，以及無數的星斗閃爍著。參宿四攀登上跟國會議會廳位於同一座建物的巨大鐘塔——大笨鐘。

「妳是天使，我是怪物。那很好，正合我意。」

終於，海拉跟參宿四一同佇立在鐘塔的頂部。

隨後，《生物兵器》張開嘴，從那裡面將釋放出有毒的吐息——導致生物死亡的災禍。這麼一來《SPES》採取的恐攻行動就完全得逞了。

然而我們還有機會趕上。

只差一點點了，就剩下一步。

只要努力伸出這隻手。

「助手。」

希耶絲塔喚了我一聲，接著她頭也不回地對我說道。

「從現在開始，不論發生什麼情況你都要迅速離開這裡。」

……妳說什麼？

正當我想問出她的真正用意時，我已經從機艙被單獨拋向空中。

世界旋轉著。究竟是我自己在轉，還是周圍的景色在轉？我的三半規管被搞得一片混亂……不過很快地，我有種背後被用力拉扯的感覺，回過神來才發現自己正憑藉降落傘在夜空中飄浮。

「希耶絲塔，妳為什麼……」

下一瞬間，映入我眼簾的是——

怪物與機器人在矗立於夜空下的鐘樓頂端對峙——接著又雙雙墜落地面的光景。

◆謝謝你，對我發脾氣

「希耶絲塔——！」

夜晚的市街矗立起巨大的火柱。

那是天狼星跟參宿四的墜落地點，也就是說，雙方的操縱者應該也被拋落在那一帶。在遠遠傳來的警笛聲中，我搶先一步趕到了起爆點。

「希耶絲塔……喂，希耶絲塔！……妳在哪，妳在哪啊……希耶絲塔！」

在煙霧與熱風中，我難以睜開雙眼。一股彷彿有東西燒焦的惡臭害我頭昏眼花，全身也開始發燙，雙膝隨時都會跪倒下去。在這種情況下我以手臂護著臉，繼續往前走著，終於——

「……你這傢伙，是笨蛋嗎？」

即便在這種環境下我也絕不會聽錯，那個溫暖的說話聲被雙耳捕捉到了。

「用得著你找我嗎？還有不必叫那麼多次我耳朵沒聾。」

一陣風吹過，稍稍驅散了煙霧。

佇立在那的，是自豪的雪白肌膚被煤灰弄髒，還怵目驚心流著血的希耶絲塔。

「妳才是大笨蛋。」

我衝了過去，想也不想就抱住那嬌小的身軀。

「為什麼要這麼莽撞……為什麼只讓我一個人逃走。」

希耶絲塔恐怕打從一開始就設定了讓我單獨逃跑的計畫吧。更何況那架機體本來就是單人駕駛，逃脫裝置也僅限一人使用。當我坐上那個駕駛座的當下，她應該就已經做好這個打算了。

「……不，那頂多只算逼不得已的手段罷了，畢竟我自己也不想死在這裡啊。不過，假使我們之中只有一人能活下去，那我會——」

「開什麼玩笑！」

我出自丹田響亮的怒吼聲，嚇得希耶絲塔瞪大了碧藍的雙眸。

這樣正好，順便連耳朵都打開一點給我聽仔細了。

「不要隨便就說這種好像自己有了覺悟的話。聽好囉，三年前，在那架客機裡，在一萬公尺的高空上，是妳主動找上我的。既然如此……妳就該照顧我到最後一刻才對。拜託啊，如果少了妳，很抱歉我沒有自信能從《SPES》的魔掌下逃脫……沒有妳我是活不下去的啊！明白的話，就要負起責任保護我直到最後一刻！」

身體好熱。

是因為旁邊有火柱冒起嗎？

還是自己全力嘶吼的緣故？

不，那是因為我用了**「為了保護我，妳不可以死」**這種全世界最遜的生氣方式。我的呼吸紊亂，全身噴出的汗水完全無法止息。

「……我這輩子活到現在，還是第一次被人這麼發脾氣呢。」

希耶絲塔愕然地仰望著我。

「原來你也會像這樣勃然大怒啊，該怎麼說——」

「嚇到了？」

「很好笑。」

「哪裡好笑了。」

就說了別笑啊。

「呼呼。」

正如先前所言，希耶絲塔露出笑容。

「沒有妳我是活不下去的啊——是嗎？」

「喂，別斷章取義啊。」

「看來我又被熱烈求婚了說。」

「誰跟妳求婚了！」

「嗯，等你十八歲了再重新找我談吧。」

「就說了——！唉，算了……」

「呼呼。」

她明明有總是愛面無表情裝酷的習性，卻偏偏在這時露出了天真無邪的笑臉。

這個名偵探，還真是……

「我發誓。」

希耶絲塔倏地揚起視線。

「我，是不會在你不知道的情況下默默死去的——絕對不會。」

謝謝你，對我發脾氣。

希耶絲塔這麼說著，砰——用額頭靠著我的胸膛。

就在這時。

「──唔！好痛──！」

有什麼東西掠過我的左眼。我的視野變得一片赤紅……是血流入眼睛嗎？怎麼了，好像有什麼飛了過來……！

「助手！」

希耶絲塔似乎很擔心地瞪大雙眼。真是的，這種表情根本不適合妳啊。

「我沒事啦，比起那個……」

我用手指示意希耶絲塔轉向前方，在那邊出現的是──

「哈啊……哈啊，還沒、還沒完。我還不能、死……不能在這種地方……」

在熊熊燃燒的火焰另一頭，那傢伙身纏著黑煙，自地獄展開進攻。

「海拉……」

拖著比希耶絲塔更悽慘不堪的身軀，只握著一把赤紅佩劍的海拉，再度在我們的面前現身。

「原來妳還活著啊。」

希耶絲塔彷彿為了保護我，向前踏出一步。

「當……然，在這裡，死去……並不是我的，命運。」

她手中已經沒有《聖典》，大概是在爆炸中被燒毀了吧。然而即便如此，海拉依舊像是遵守過去約定好的承諾般，打開右手上那看不見的《聖典》。

「最後勝利的人，是我。如果不這樣，**那父親大人把這個交給我的意義……！**」

到了這時，海拉才首度顯露出類似真正情感的部分。

「是嗎？所以妳是——」

結果希耶絲塔似乎很驚訝地瞪大她那對碧眼。

「希耶絲塔？」

喂，妳到底察覺出什麼啊？

「用這個……來結束一切。」

但在我的疑惑獲得解決之前，海拉就舉起了軍刀。

「**妳會在原地無法動彈並被我的刀刃貫穿……！**」

海拉鮮紅的雙眼更加血紅了，她朝呆呆站著不動的希耶絲塔猛衝而來。

「希耶絲塔，快逃！」

我慌忙大叫道……然而，希耶絲塔的雙腳卻好像被柏油黏住般一動也不動。

「是海拉的能力……！」

那簡直就是心靈控制——只要被那雙《紅眼》盯著，就會莫名其妙強迫自己採取海拉所要求的行動。而此時希耶絲塔正望著那對《眼睛》，所以才會停止所有動作……！

「希耶絲塔！」

就像這樣，海拉無情地舉起佩劍，將劍刃逼近希耶絲塔，隨後——

「…………嘎？」

這聲音是從海拉那邊冒出來的。

她的紅眼彷彿很徬徨地搖曳不定著，最後終於將視線轉向自己的身體。

海拉將鮮紅的刀刃，刺進了自己的胸膛。

「為什、麼……」

接著映照在海拉驚愕的眼眸中的，是掛在希耶絲塔腰際鍊條上的小鏡子。

沒錯，海拉剛才是**看著自己的紅眼這麼說的**——妳會被我的刀刃貫穿。

「將軍。」

希耶絲塔如此告知對方，接著海拉便在她面前倒下。

「——唔。」

從海拉心臟的位置，有鮮血一滴一滴落了下來。

她的眼眸充滿了困惑之色。

「為什麼，我輸了……這怎麼、可能……我的、使命……我是為了使命才戰鬥的………使命？為了什麼……為了什麼，我才，誕生在這個世界？我，為什麼……」

「那些問題的答案。」

希耶絲塔拔出插在海拉胸膛的劍。

冒出一聲短促的慟哭後，鮮血猛然噴出。

「那些問題的答案，妳就去地獄尋找吧。」

就這樣，希耶絲塔對準海拉垂下的腦袋準備揮落刀刃。

但就在這時。

「——變色龍……！」

海拉仰天咆哮。

「唔，是某種攻擊信號嗎！」

我慌忙環顧四周……然而下一瞬間，我發現自己明顯猜錯了。

「……！身體消失了……」

消失的既不是我也不是希耶絲塔——而是海拉的肉體，開始逐漸消失。

這種現象，簡直就像披上了隱形斗篷一樣。海拉的身影宛如溶化在幽暗中般，漸漸從我們的視野中消去。

「……唔，休想逃跑！」

希耶絲塔舉起滑膛槍，朝海拉之前所在的位置射擊……不過，這時敵人已完全失去了蹤影。

「希耶絲塔，那也是海拉的能力嗎？」

「不，八成不是。是她的同伴。」

希耶絲塔冷靜地做出判斷，並放下槍口。

「變色龍……是《SPES》的代號嗎？」

恐怕那傢伙的能力，是將自己以及碰觸的對象隱形起來，這是我的推測。

既然如此，想追上海拉已經不可能了。

就只差最後一步而已，卻還是讓那個最糟的敵人遁入幽暗。

「這回算是慘烈的平手吧。」

「嗯。等回去以後，還得跟你討論一下後續的計畫才行。」

是啊，海拉依然在某處存活。不過如今讓她受到重創，也算是我們的一個大好機會。應該趕緊重整我方態勢，盡快趁勝追擊才對。取得共識後，我們正打算走回之前使用的那家飯店。

「——唔。」

腳步剛踏出去的瞬間，希耶絲塔的表情突然扭曲起來。

「希耶絲塔？」

「……對不起。」

希耶絲塔這麼說完後，雙膝一跪崩倒在地。

◆只有那個誤解無法原諒

「啊——」

對那張彷彿雛鳥在等待餵食的小嘴，我送出了削好皮的蘋果。

「……哈嗯……嗯……嗯咕……唔——這蘋果，一點也不甜。」

「我都餵妳吃了別抱怨那麼多好嗎？」

「那也沒辦法啊，因為我受傷了。」

「妳受傷的是腿！手根本沒事吧！」

這裡是位於公寓大廈其中一個房間的事務所兼住家。

對我的吐槽毫不介意，躺在床上的希耶絲塔用力伸了個懶腰。她今天很罕見地穿了一件連帽運動衫，打扮十分居家。不過，希耶絲塔會選擇這種非戰鬥的造型是有理由的。

「我明明受傷了，你卻還喋喋不休地對我說教，那天的事你難道都忘了？」

「……因為妳看起來一點也不痛的樣子我還以為是輕傷。是我的錯。」

「哎呀，那只不過是當我情緒亢奮起來會暫時忘記傷痛罷了。」

「那為什麼只責備我？」

幾天前的那場死鬥，希耶絲塔由於從大笨鐘頂端墜落的衝擊，腿部受了需要兩週才能完全痊癒的傷勢。

本來我們應該盡速追擊逃走的海拉，但主力希耶絲塔都變成這樣了也沒辦法。

於是我們只好重新回到倫敦的據點，等待身體完全復原。

「你自己都沒事嗎？」

「都已經可以像這樣照料任性的搭檔了，當然沒事。」

「是嗎？那真是太好了。」

「別無視我這麼努力諷刺妳啊。」

「一旦你出了什麼事我可就活不下去了。」

「……別想用這麼唐突的撒嬌來掩飾一切。」

況且妳根本沒那種想法吧，天底下哪有這麼好的事。

「總之妳趕快把傷治好就是了，我最討厭做家務。」

近三年來我一直都跟希耶絲塔一塊兒旅行，像這樣長時間住在同一個屋簷下也不是什麼稀奇的事，只不過所有家務都交給希耶絲塔處理。雖然對她感到抱歉，但這就是所謂的適材適所。反正平常我都被她隨意使喚了，這點代價就希望她通融一下。

「這就是你所憧憬的同居生活吧，多享受一會也無妨喔？」

「與其說是同居，不如說是因戰略需要而住在一起吧。」

「況且你也該稍微磨練一下自己的生活技能，不然要是我不在了你怎麼辦？」

「……喂，這是禁語喔。」

「……對耶。」

又被我發了一頓脾氣，希耶絲塔忍不住苦笑。

「不過至少你該學會洗衣服吧，髒兮兮的男生可是很惹人厭的。」

「我也很想那麼做啊……呃，該怎麼說，有許多苦衷，對吧……」

「嗯？啊啊，是因為我的貼身衣物嗎？」

喂，我都已經故意含糊其辭了不要直接說出來啊。

「你要是想套在頭上就去我看不見的地方套吧。」

「我的腦袋絲毫沒出現過半點那種想法。」

「啊，拿去聞一聞感覺也有點噁就是了。」

「妳還真的對助手毫無信賴可言啊。」

老實說，我們共度的這將近三年究竟算什麼。

「……唉。」

我的這位老搭檔也真是的——我連苦笑都笑不出來，便懶洋洋地站起身。

「嗯，要出門嗎？」

「啊？只是去一下超市。」

「咦？今天早上你不是說過必備的物品都買好了？」

喂喂希耶絲塔，我說妳啊。

「妳不是說想吃甜的嗎？」

真受不了，自己剛剛才講過的話就忘了。

這時，希耶絲塔不知為何露出了驚愕之色。

不過那也只持續了一下子，她很快噗哧一笑。

「怎、怎麼？有什麼好笑？」

每當希耶絲塔像這樣笑起來，就代表她要捉弄我。不過，我心底可是一點概念都沒有……她剛才究竟覺得我哪裡好笑……

「……唔，你啊。」

彷彿在強忍笑意般，希耶絲塔終於用勉強擠出來的聲音說道。

「你這傢伙，會不會太喜歡我了啊？」

……咦!?…………!?!?!?!?!?

「嘎？呃，我不懂妳的意思耶。嘎？不是吧，嘎？嘎？」

那傢伙在胡說些什麼啊。

難不成是那個，受傷的影響？是不是腦袋也撞到了。要不然她不可能會說出這麼離譜的話。

我說得沒錯吧？因為我只是照料傷患而已，只是因為那傢伙想吃甜的蘋果所以才出門買而已……呃，確實我是有點太寵她了，可能因此稍微顯露出我很在意她的氛圍，但如果被誤解為我對希耶絲塔另眼相待那可絕非我的本意，沒錯，也就是說——

「吵死了，笨蛋——！」

總感覺自己表現出的反應就像個小學生一樣，不過暫時別管這個了，總之為了讓腦袋冷靜一下先出門再說。

嗯，奇怪了。不知為何門把好滑，這樣讓我很難轉開啊。

故障了嗎？一定是壞了吧。於是我直接踹開門走出房間。

「可惡，以後我絕對不會對妳那麼好了。」

……好吧，這回是最後一次了。畢竟對方是個受傷的人。沒錯，僅限這次而已。嗯，就這一次了。我如此說服自己，為了前往超市而來到屋外。

就這樣出門採買的我，在被稱為貝克街的那條大道附近小巷裡——撿到了一位迷途的少女。

【Interlude 2】

「好了，那麼影片在此先暫停一下吧。」

畫面切換，希耶絲塔再度出現。

「……呃，我怎麼覺得剛才的影片內容都是在放閃啊？」

夏凪在旁邊對我白了一眼。我哪知道啊，這影片又不是我負責的？

「大小姐跟君塚的關係一直都是這樣啦。是不是很火大？當然主要是對君塚。」

「的確是看了就教人生氣。如果是對君塚，我覺得稍微欺負一下也沒關係。」

「為什麼妳們唯獨在這件事上意氣相投啊。夏露跟夏凪，妳們倆不是關係很差嗎！」

記得在那艘船上，兩人第一次相見就大吵了一架才對啊。

「這就是所謂的不打不相識吧。」

這時原本在旁觀的齋川，以神祕的立場自顧自點著頭。好吧，只要能讓那兩人建立某種聯繫，我多少受到一點誹謗也沒關係……真的沒關係嗎？

話說回來。

「……海拉，是嗎？」

沒錯，這傢伙就是我們三年的旅程中遭遇到的最大敵人。然而正如影片的內容所示，當時海拉把變色龍叫來後就隱身於幽暗之中了。

「沒想到竟然有個傢伙可以變成我的樣子，真教人噁心。」

夏露似乎很不滿地繃著一張臉。是啊，我當初也幾乎被地獄三頭犬的能力矇騙過去。

「不過照這樣說，我們四人當中也可能混入了那位狼先生吧。」

這時，齋川說了莫名恐怖的話。

「只有四個人玩狼人殺有點困難吧？氣氛根本炒不熱。」

因此我隨口開了個玩笑緩和大家的情緒。

「不過假使真有狼存在……只有一個人有嫌疑吧。」

這麼說的人是夏凪，而且不知為何她對我翻起白眼。

「沒錯。」

「就是說呀。」

「怎麼連夏露跟齋川都同意了啊，還有不要隨便給人冠上不名譽的稱號。」

——我們像這樣彼此吐槽著，不過在剛才的影片裡，有一個令我十分在意的地方。那就是，當我被海拉綁架時，那傢伙所說的話。

『舉例來說，距今大約一個月後，你會重返你一直嚮往的日常生活，回去當一個普通的高中生。』

『然後又過了一年，你的身分與其說是助手不如變成了偵探，開始著手解決各式各樣的難題。』

『被忘卻的心臟隱含著記憶，市價三十億元的奇蹟的藍寶石，還有名偵探所留下的遺產——假使一年後你還能記得上述這些詞彙，就來核對一下預言是否正確吧。』

一年前的那個時候，我對那些話毫不在意。畢竟，什麼記載未來的《聖典》，誰會相信這種怪力亂神的玩意啊？事實上，直到看到剛才的影片為止，我都完全忘了那件事。

但現在重新聽海拉的那番話——完全跟我最近的狀況吻合。

所以說，早在一年前，我的未來就已經被精準預言了嗎？

既然如此，還有另一件海拉說過的事——那就是我遲早會成為海拉搭檔的預言，今後也有實現的可能？

不，那不可能。畢竟，影片雖然還沒播到那邊，但海拉最終——

「好啦，那麼差不多該跳到下一段影片了。」

希耶絲塔說完後，螢幕上的畫面再度切換。

那是在倫敦的一條小巷子，我發現一名睡在紙箱中的少女。

「之後不會再中途切斷影片了。所以，請接著看完吧。目睹我——以及她們，是迎向了如何的結局。」

【第三章】

◆撿到一名幼女，然後我被開除了

在人跡罕至的狹窄小巷——一只被棄之不理的紙箱中睡著一名女孩。那裡面裝的既不是小貓也不是小狗，而是女孩。我用指尖撥開綁成兩綹的桃紅色長髮後，看見一張正發出輕微呼吸聲的稚嫩睡臉。

「……天啊，這該怎麼辦。」

老實說這場面充滿了麻煩的氣息。更何況，我之所以會踏入這條幾乎沒人走的小巷子，也只是因為裝在袋子裡的蘋果滾了過來罷了。這種理由太遜了吧——或許會有人這麼吐槽，不過那只是我身上《容易被捲入麻煩的體質》發功的關係。

「好吧，反正我一定躲不過了。」

根據過往經驗，只要我沾上的麻煩，除非加以解決否則是甩不掉的。既然如此，趕緊處理才是上策。

此外，由於我這種難搞的體質，我時常得飛往海外，也因此掌握了一定程度的外語，就好比這種時候我才能毫不遲疑地向對方搭話。

「喂——妳還活著嗎？」

我用指尖戳了戳少女的臉頰。

又軟又有彈性，觸感像麻糬的臉頰彷彿吸住了我的手指。

「……嗯……唔——」

蓋住她的報紙發出了沙沙聲，少女正在扭動身子。我再度從旁用手指戳戳她的臉。沙沙，戳戳，沙沙，戳戳。這種互動重複了幾次後——

「嗯——是誰……？」

終於，少女揉著眼緩緩爬起身。她的腦袋轉了九十度，正好跟我四目相交。

她擁有一對看似意志堅強的大眼與長睫毛。年紀約莫在十二、三歲吧。現在雖然感覺只是個可愛的少女，但可以預期將來會長成一位大美人。

就在我死命盯著眼前這名少女時——

「——是嗎？」

少女冷不防緊閉上雙眼，好像一下子想通了什麼似的。

「我被壞人襲擊了啊。」

不知為何突然有種強烈的不祥預感，但我姑且還是問一下。

「妳說誰？」

「就是你呀！」

少女狠狠地瞪著我，雙眼還噙著淡淡的淚光。

「不論你怎麼玩弄我的身體，也千萬別以為這樣就能支配我的心！」

一下就被扣上這種大帽子……簡直太不講理了。

「竟然把我帶到這種暗巷裡……低級！禽獸！」

是妳自己要一個人睡在這裡的吧。真是的，我的頭好痛。

「拜託啊，很抱歉我對小鬼一點興趣都沒有。」

「唔！誰、誰是小鬼！」

「妳啊，就是妳。」

少女想揪住我的領口，但由於雙方身高差距過大，根本無法構成威脅。

「咕，看我這招！喝！」

這回她換成死命蹦跳，試圖以食指戳我的臉部。難道是企圖插瞎我的眼睛嗎？

真是恐怖的幼女。

「我不是幼女！是少女！」

「啊——我知道啦。我已經聽到了，妳稍微冷靜一點吧。」

我揪住少女的兩手手腕，把她輕輕拉了起來。

「像這種時候，應該要先自我介紹。我的名字是君塚君彥……妳呢？」

「人家叫……」

結果少女一瞬間蹙起眉後。

「……愛莉西亞？」

「為何是疑問句啊，妳是從什麼仙境夢遊回來的嗎？」

「我肚子餓。」

「話題跳太遠了吧。」

這樣就像白雪公主了——我心裡這麼想，並將剛買來的蘋果遞過去。愛莉西亞立刻喀哩喀哩地啃起那顆紅色的果實，接著又開始東張西望環顧四周。

「所以，這裡是哪？」

「什麼叫這裡是哪，不是妳自己決定要在這裡睡覺的嗎？」

「…………」

我再度產生了討厭的預感……而且就在短短幾秒鐘後，預感果然成真了。

「……我也不知道。」

果不其然。看來她並不單純只是個無家可歸的迷路孩子。

「記憶喪失。」

我這麼說道，少女首度露出了徬徨不定的視線。

包括父母的名字、出生地、生日、朋友、昨晚吃了什麼等等。儘管我還問了其他好幾個問題，但少女全都搖頭以對。

「我只記得自己今年十七歲而已。」

「那絕對是妳搞錯了趕快忘掉吧。」

「……你看著哪裡說話啊？」

「放心，等時機成熟了妳就會發育了。」

是說現在可不是抬槓的時候了，得趕緊設法將問題解決才行。

「妳吃完這個就去找警察吧。」

或許是肚子太餓了，愛莉西亞伸手拿起第三顆蘋果，但就在這時。

「……喂喂，這也太倒楣了吧。」

剛剛還萬里晴空的天氣突然下起豪雨。真是的，沒辦法了。

「我們走。」

「咦？」

我牽起愛莉西亞的手，帶回了希耶絲塔在等待的家。

「聽好囉，等下請保持安靜。」

我一邊轉動門把，一邊對愛莉西亞提出忠告。

「除了色狼以外還有誰住裡面嗎？」

「不要老是把別人當禽獸看待啊。我叫君塚，君塚君彥。」

撿回一名身分不明的幼女，不知道希耶絲塔會怎麼說我。

總之先讓她去洗澡，同時把淋溼的衣服拿去烘乾。之後再帶她去找警察應該就沒問題了。我躡手躡腳穿過走廊，將愛莉西亞領到浴室。

「哎呀，淋得像落湯雞一樣。」

「是呀，這樣感覺很不舒服。」

我在更衣間褪下襯衫，而愛莉西亞也準備把身上的連身裙從下往上掀起——

「嗯!?你怎麼一副要一起洗的樣子！」

「妳這個呆瓜，剛才不是說過要保持安靜嗎？」

「你的動作太自然了我差點就被你騙了！」

「就說了我對妳這種小鬼一點感覺都沒有——」

「嘎……！」

愛莉西亞的臉像熟透的章魚一樣赤紅。

「助手，你回來囉？」

這時，從較遠的客廳那傳來了希耶絲塔的聲音。唉，只好先把浴室讓給愛莉西亞了。

「愛莉西亞，妳洗好後可以先換上放在那邊的衣服。」

我拋下這麼一句話，就一邊用毛巾擦乾頭髮一邊獨自返回客廳。

「歡迎回來，外面下雨了嗎？」

「是啊，來不及躲就淋了雨……等等，妳在做什麼？」

在與客廳鄰接的廚房中，希耶絲塔正坐著輪椅不知在碗中攪拌什麼麵團。儘管她擅長家務，但我卻很少看到她下廚的模樣，穿圍裙的姿態令我感到非常新鮮。

「我想要做蘋果派。既然你難得專程出門買了食材。」

這麼說的希耶絲塔，似乎很愉悅地進行手邊的工作。

「……啊——」

我完全忘了這件事。蘋果，都被愛莉西亞吃光了……

「呃——啊，希耶絲塔，那個……」

「呼呼，怎樣？看來你好像對我相當關心嘛。或許是身為被照顧者的責任吧，我覺得也應該幫你做點什麼事。」

糟糕，這下子我更難開口了。為什麼偏偏挑這時候露出這種有點開心的表情呢？平常她不是都把我當成螻蟻一樣……

「不過你回來的時機也很剛好。所以，蘋果呢？」

「啊——老實說……」

「君塚——」

突然傳來了第三者的聲音。說起這個家裡現在還有其他什麼人，那也只有一位了。

「沒有比較小的浴巾嗎？」

身上纏著浴巾的愛莉西亞，迅速從門後探出頭。

原來如此，原來如此，原來如此啊。

我為了觀察希耶絲塔那宛如洞悉一切的反應而跟她對看了一眼。接著是一陣彷彿會持續到永遠的漫長沉默，最終希耶絲塔賞給我那不出所料的三個字。

「——蘿莉控。」

所以我這個助手今天就要被開除了吧？

◆從修羅場開啟的新事件簿

「我明白發生什麼事了。」

希耶絲塔坐在床上，口中雖然這麼說，但啜飲紅茶的同時卻對我投來明顯的輕蔑眼神。

「是大吉嶺嗎？好香啊。」

「嗯，很適合配蘋果派喔。」

本來是想討她歡心的最後卻自掘墳墓，真是倒楣的一天啊。

「你最好明白以後再也沒機會看我穿圍裙的樣子了。」

「喂喂別騙我了。我活下來就是為了期待這件事耶，真教人悲傷啊。」

「……剛才你的行為實在令我相當火大。看來即便是像我這種人格高尚的人，在人生的旅途上還是有許多成長的空間。」

「促進雇主的精神獲得成長，這也是助手的工作之一……不對，是我錯了，剛才是我一時得意忘形，所以請把妳的滑膛槍收起來吧真對不起。」

我跪在床下，對抵著自己的槍口垂下腦袋，並發誓以後一定會找機會補償她。

「真教人意外呢。君塚，你竟然有女朋友。」

另一方面引發這場麻煩的始作俑者——愛莉西亞，正一邊大嚼桌上的蘋果派（裡面沒加蘋果）一邊隨口說道。誰受得了用槍抵著自己的女朋友啊。

「這麼說吧，你還不如一開始就乖乖把她帶來我面前。」

希耶絲塔終於把武器收了起來，做了個要我抬起頭的手勢。

「迷路又喪失記憶的女孩，這不正是偵探該出馬的場合嗎？」

……的確，聽她這麼一說也覺得很有道理。

「妳說妳叫愛莉西亞嗎？」

希耶絲塔依然坐在床邊，朝桌旁的愛莉西亞出聲道。

「妳真的連自己的本名，以及其他個人資訊都忘了？」

「……唔，我只記得自己今年十七歲。」

「原來如此，七歲啊。」

「十七歲！」

愛莉西亞「砰」一聲拍桌站了起來。她這個年紀應該很想被當成大人吧。

「嗯實際上差不多就是十二、三歲左右吧。看小腿的發育情況便可略知一二。」

「助手，這裡並不是展示你自己特殊性癖好的場合。正常人是無法從小腿的發育情形來判斷別人的年齡的。」

「唔！所以君塚剛才在小巷裡，不是看我的胸而是看我的小腿嗎!?」

「不，那時我的確是盯著胸部心想『啊，十七歲是騙人的吧』。」

「什、什麼嘛，嚇我一大跳。原來是看胸部啊～太好了……才怪！」

「助手，你性騷擾的對象請限定夏露吧。」

我彷彿可以聽見那位遠在異國的金髮美少女猛烈發出吐槽的聲音。

……不過，現在並不是瞎扯這些的時候。

「愛莉西亞，我們會負起責任查出妳的真正身分的。」

言歸正傳的希耶絲塔，對愛莉西亞這麼表示。

「不過我可沒說免費。」

「喂希耶絲塔，妳要跟小孩子收錢喔？」

「跟年齡沒關係，就算是小孩也是一個獨立的人。」

況且——希耶絲塔繼續補充道。

「我認為天底下沒有比無償的善意更不值得相信的東西了。」

……這麼說也有道理。的確，人和人之間的關係是由99％的信賴與1％的算計所構成。就算是我跟希耶絲塔，也是以這樣的相處方式一路旅行到現在。

「那，人家該怎麼做才好呢？」

愛莉西亞恐怕沒辦法付錢。她現在慘到連食衣住都無法自行負擔，對這樣的委託人，名偵探會如何提出要求支付的代價呢。

「我想讓愛莉西亞代理我的工作。這麼一來我就保證妳在食衣住方面無虞。」

「代理，偵探工作？」

愛莉西亞不解地歪著腦袋。

「……希耶絲塔，妳這個要求不管怎麼看都對愛莉西亞負擔太大了吧？」

「就算你那麼說，你看看我。」

希耶絲塔指著自己受傷的雙腿。原來如此，所以名偵探現在只能暫時停業了。

「既然如此不如讓我扮演偵探，愛莉西亞當助手不是更……」

「不行，這個嘛，該怎麼說。你懂的，就是你的長相果然只夠格當個助手。」

「太不講理了吧。」

「可是，一下就叫我當偵探，我恐怕沒有自信……」

「只要妳當上偵探，助手就是妳的私人物品可以隨便驅使喔。」

「耶！我要當！我想當名偵探！」

「目睹了一場狠毒的交易啊。」

更正，我跟希耶絲塔的關係是由1％的信賴與99％的算計所構成的。

「那麼，具體而言我要做哪些工作……」

愛莉西亞對希耶絲塔問道，就好像是看準了這個時機似的。

「開膛手傑克，似乎又復活了。」

又有其他人的聲音介入我們。霎時我感到一陣惡寒，慌忙回過頭去，結果——

「風靡小姐？怎麼會……妳不是已經回日本了嗎？」

面熟的那位女刑警——加瀨風靡正坐在沙發上抽菸。

「這個啊，因為我想到一件不得不處理的公事。是說，你們幾時連孩子都生了？」

風靡小姐先看著我跟希耶絲塔，然後又將目光對準愛莉西亞。

「妳眼殘嗎？」

「眼睛一定有毛病吧。」

我跟希耶絲塔同時發出吐槽。眼睛到底是怎麼長的才會把我跟希耶絲塔看成那種關係啊，真是的……結果最後她也沒戒菸嘛。

「所以，妳回來是為了什麼事？剛才好像說開膛手傑克又復活了。」

「沒錯。昨天又出現了心臟被狩獵的新受害者，跟之前的案子手法很相似。」

「這怎麼可能。」

不，怎麼說都不會復活才對啊。畢竟那個開膛手傑克——地獄三頭犬，已經在之前那次被海拉殺了。

「海拉。」

坐在床上的希耶絲塔，這時瞇起雙眼。

「原來，是這樣嗎……」

海拉取代了地獄三頭犬，繼續狩獵心臟。目的是再度讓那隻《生物兵器》復活。

「你們似乎已經有偵查的頭緒了。那正好，老實說為了追捕凶嫌，我這邊也有可能會派上用場的情報。」

而且跟那邊那位小小姐也有關聯——風靡小姐繼續說道。大概是剛才聽到我們要把工作交給愛莉西亞代為處理吧。因此，風靡小姐就把可能會變成委託工作的案子告訴我們了。

「雖然目前還只停留在謠言的階段，不過倫敦這裡好像存在著跟打倒《SPES》有關的玩意。」

喔喔，有這麼方便的道具嗎？我跟希耶絲塔對望了一眼，接著兩人沉默不語催促對方繼續說下去，於是風靡小姐道出了那項祕密道具的名稱。

「聽說，人們把那玩意稱為藍寶石之眼。」

◆代理偵探愛莉西亞的日常

翌日。

「那麼我們出發囉！」

在鬧區的大街上，一名少女奮力指向前方、邁步而出。

另一方面，畏畏縮縮的我則是有點彎腰駝背地跟著這位新的雇主。

「喂，你要打起精神啊！」

「是妳精力太過旺盛了吧。」

「咦？」

咦個鬼啊。不要歪著頭裝可愛好嗎？

「我說妳這打扮啊。」

愛莉西亞現在的模樣，如果直接形容，就是把整套名偵探的戲服穿在身上。包括沉穩內斂的風衣與獵鹿帽，加上嘴裡的菸斗……仔細看原來是用一根細長的棒棒糖偽裝的。

「妳太入戲了吧。」

「不過這些，都是希耶絲塔小姐交給我的耶？」

希耶絲塔，妳也有當年嗎？這位名偵探的過往真是一言難盡。

「話說回來，妳真的要當代理偵探嗎？」

「當然——！」

愛莉西亞雙手扠腰，露出得意洋洋的表情。

沒錯。結果，昨天討論到最後——滿足愛莉西亞食衣住需求的條件，就是愛莉西亞必須暫代受傷的希耶絲塔擔任偵探的工作。

而當下最重要的任務，就是去尋找風靡小姐所指出的《藍寶石之眼》。雖然缺之更詳細的情報，但我們兩人決定先進行實地調查，這就是所謂的百聞不如一見。

「總而言之，我們出發——！」

她才剛氣勢凌人地這麼宣言，一轉眼身影就從我的視野消失了。

「嘎？……喂，等一下！」

等我回過神，才發現愛莉西亞不知為何在柏油路上全力狂奔。我慌忙追趕上去，大概跑了百公尺以上的距離才勉強追上。

「……哈啊……哈啊，為什麼突然全力衝刺……」

不過愛莉西亞完全無視我的辛苦，這麼說道。

「用跑的比較有趣呢。」

她的情緒高昂到就像生下來第一次在海濱奔跑一樣。雖說她這種如夏日太陽般耀眼的笑容的確是讓人心曠神怡……不過還是請她為我這個跟班稍微著想一下吧。

「……拜託啊，妳可是一個連自己是誰都不知道、就像來仙境夢遊的少女。好奇心旺盛雖是好事，但也至少聽一下我的忠告吧。」

我連苦笑都笑不出來，砰一聲把手輕輕擱在愛莉西亞的腦袋上。

「況且之前那位紅髮刑警不是也說了，最近這一帶的治安不太安寧。總之禁止妳一個人像無頭蒼蠅一樣亂闖。」

根據希耶絲塔的推論，恐怕海拉依然滯留在倫敦這座城市，代替地獄三頭犬繼續暗中襲擊居民。尤其我跟希耶絲塔不知道會不會再度成為那傢伙的目標……因此，跟我們一起行動的愛莉西亞，在外面也得更謹慎小心才行。

「知道了啦。我已經明白了別把我當小孩子。」

這根本是小孩最具代表性的臺詞。

「好，妳是個乖寶寶。那我們出發吧。」

「嗯……等等為什麼要牽我的手啊！又被你這種太過自然的動作給騙了！」

「好啦愛莉西亞，過斑馬線為了安全起見要舉高手示意來車喔。」

「你腦中的十三歲還得做這種事嗎！不，是十七歲！……應該吧。」

這部分的記憶果然是喪失了吧，所以她語尾才會缺乏自信地低聲咕噥著。

「唔——記得自己應該差不多是那個年紀才對呀。」

過了斑馬線後，愛莉西亞立刻衝向商店櫥窗，透過玻璃觀察自己的倒影。接著她又拉了拉自己棉花糖般的臉頰，感覺很不可思議地歪著腦袋。

「好啦，我們走吧。要是被希耶絲塔抓包我們出門閒晃，我的屁股又要被她……………啊。」

「……屁股被什麼？而且你說了『又』對吧？你們平常到底都在玩什麼啊……」

我們一邊愉快地聊著天，一邊抵達的第一個場所，不知為何竟是珠寶店。

當然這不是我的提議。要找藍寶石就得來這種地方——是這位新手名偵探的看法。老實說她也太單純了。

就像這樣，愛莉西亞一進店門立刻衝過去，猶如貓咪看到發光物體撲上去的動作。

「君塚！我找到了！」

愛莉西亞露出亢奮的模樣大聲呼喊我。這樣會被四周的人恥笑，拜託住手吧。

「……啊——原來如此啊。」

如大海般發出碧藍光芒的寶石，格調比我想像中要來得豪華貴氣多了。

「這樣就解決啦！」

愛莉西亞用力比出勝利的手勢，接著又對店員喊道「現金一次付清」。

「慢著慢著！妳是打算要我買下這個嗎！」

「你不買嗎？」

「我買不起！」

「……君塚是窮光蛋嗎？」

吵死了，不要用這種同情的目光看我。

「況且，這只是普通的寶石。我們要找的應該是更……該怎麼說，八成是會出現在檯面下暗中交易的玩意。」

「檯面下……我懂了！」

這時愛莉西亞拉起我的手又衝出了珠寶店。

「妳絕對沒搞懂！別再誤解了先停下腳步啊……」

我再度被迫陪她全力狂衝，結果第二個造訪之處，是正如字面意義的「檯面下」——一棟位於小巷子裡的陳舊住商混合樓房，一間位於前述這棟樓地下室的店。我雖然感覺到這裡的氣氛詭異但還是推開了那扇沉重的門，店內的鋼製貨架上擺放著乾燥脫水的植物與各式各樣的薰香。店的深處有一位臉上穿了許多洞的男店員，正叼著菸管吞雲吐霧。

「這個地方絕對不會錯了！」

「大錯特錯的應該是妳的腦袋吧。」

……是說妳為什麼能如此精力充沛啊，這傢伙，究竟明不明白自己目前的處境？

昨天，當她搞懂自己喪失記憶時內心也難免激烈動搖起來，但到了今天已完全融入名偵探的身分，化為一個嶄新的自己。好吧，比起沮喪消沉，這樣對心理健康或許好一點……

「嗯，這個好像很甜的樣子。」

「妳這呆瓜沾上那玩意，妳就回不來了啊！」

我慌忙扯起她的手返回身邊。怎麼我們今天一直在牽手啊……

「哈啊，累死我了。」

與其說這是實地調查，不如更像在顧孩子。而且愛莉西亞絲毫未體諒我的辛苦，繼續大步向前走。

「感覺妳很開心嘛。」

「嗯，很開心。」

她露出滿臉笑容，這時候如果我還嘲諷未免太不識趣了。

「因為我很久沒來外頭逛了。」

「是嗎？」

……嗯？很久？所以她的意思是？

「咦？」

這時愛莉西亞好像也發現自己的發言怪怪的，立刻停下腳步皺起眉頭。

「奇怪，為什麼我會覺得好久沒出門了。」

「是之前都一直待在某個房間裡嗎？搞不好是醫院？」

例如本來在住院的她因為某個理由跑出病房，走在街上的時候昏倒了……之類的。這麼一來情況就跟之前不太一樣了，果然得先帶她去看醫生才對？

「唔——我也不確定……只要一回想頭就好痛……」

她看起來不像在說謊，所以現在暫時靜觀其變吧？

「不用勉強去回想也沒關係。」

這一類失憶的案例有時會隨時間經過自然解決。況且等希耶絲塔的傷痊癒了，她也會採取各種方法協助才對。

「啊。」

接著大概是頭痛消失了，愛莉西亞又朝另一個地方蹦蹦跳跳而去。

「妳發現什麼了？」

那好像是露天攤販。將草蓆擺在石板地上，上頭陳列著許多手工飾品。

「這個。」

愛莉西亞指著一顆藍寶石……其實那只是一枚魚目混珠的藍色石頭戒指。

「長得雖然像，但還是不太一樣。」

我不能當著老闆的面說這是「假貨」，只好模稜兩可地這麼告訴她。

「是嗎？原來不一樣呀。」

愛莉西亞很明顯地洩了氣，肩膀也垂了下來。她真是一個不論什麼時候都全力表現出內心喜怒哀樂的少女啊。

「嗯，總之不是能那麼輕易找到的玩意啦。」

我隨口對愛莉西亞說了這麼一句無關痛癢的安慰話。

然而，那恐怕就是事實——我們是找不到藍寶石之眼的。不，更正確地說，就算沒找到也沒關係。

既然如此，為何希耶絲塔還要把這項工作交給愛莉西亞呢——那只不過是為了構築起1%**算計的關係**而已。為了不讓愛莉西亞抱持不必要的客套，能放心接受我們的照顧，所以才以讓她去尋找藍寶石之眼的條件，**等價交換**我們所提供的食衣住資源——為此風靡小姐提供的線索不過就是一個方便的藉口罷了。希耶絲塔雖看似個性淡漠，但其實也有為他人著想的一面。

「那我們差不多該回家了……哎呀，又不見了？」

這時，又跟先前一樣，一轉眼愛莉西亞便消失了。

「比起什麼藍寶石，找那傢伙感覺更辛苦啊……」

我用眼神詢問老闆，對方指著我的左手邊。

「……可惡，每次都忘了看緊她。」

真是一波未平一波又起，看來忙碌的日子還會持續下去。

◆法律嚴格禁止未成年者飲酒、吸菸

「那麼，為了慶祝希耶絲塔的身體完全康復，乾杯！」

在一家播放著熱鬧背景音樂的餐酒吧桌邊，我跟希耶絲塔，以及愛莉西亞對碰了一下玻璃杯。

時光飛逝，跟海拉的那場激烈戰鬥……以及與愛莉西亞的邂逅很快就過了兩週。希耶絲塔腳上的石膏拆掉了，至少在走路方面已經一點困難都沒有。今天，以慶祝她康復為名義，我們從白天就開始瘋狂享受美食。

「……是說，不知道已經為此乾了幾杯了。」

以餐廳的數目來說，加上中午去過的，這已經是第四攤了。我的胃容量早就迎來極限，但這位名偵探好像還意猶未盡似的，繼續緊盯著菜單不放。我本來還以為照剛才那種氣氛，這就是最後一杯了說。

「不過，上面好像還有你喜歡吃的菜耶。」

「是嗎？那就麻煩妳幫我點那個吧。」

我沒有看菜單，將點菜的任務交給坐在對面的希耶絲塔。

「嗯，可是都已經九點了……希耶絲塔，拜託千萬別點辣的。」

「啊，真的耶。如果吃到肚子痛，晚上就難以入眠了。」

「一旦吃了辣的，三小時後鐵定會拉肚子。」

「奇怪耶，要不是你提醒我，我都忘了這件事。」

「好吧，反正不管怎樣妳都先吃胃藥吧，反正等下妳還要繼續吃吧。」

「知道了，我現在就吃藥。」

希耶絲塔點了點頭後，一口吞下胃藥。這當中我舉手叫服務生過來。

「哎，你們倆的默契也太好了，真教人害怕。」

不知為何在這個時候，坐在對面的愛莉西亞對我翻起白眼。

「呃，從剛才你們這種心有靈犀的感覺就是怎麼回事……君塚把自己的事全都交給希耶絲塔小姐處理，而希耶絲塔小姐也乖乖聽了君塚的建議……」

原來如此，假使換成旁人的角度看，我跟希耶絲塔方才的互動或許真的頗為奇妙。不過啊，儘管過程波折不斷、我們好歹也相處了三年，當要採取什麼行動時，判斷基準會很自然地委託給對方。因此那也就是說——

「那是因為，比起自己，我們更信賴對方啊。」

我下意識地喃喃說出這番話。

「……換句話說，就是笨蛋情……」

「不好意思，我們這邊要加點。」

當愛莉西亞正要咕噥出某個詞的瞬間，希耶絲塔冷不防「啪」一下摀住她的嘴。接著希耶絲塔無視一旁看起來呼吸困難的少女，一臉冷靜地繼續點菜。真不愧是名偵探，就算對小孩也毫不留情……

「哈啊，好痛苦……差點窒息了……」

等希耶絲塔點完菜才終於解開束縛，只見愛莉西亞拚命喘著氣。

「這是懲罰妳嘲笑大人。」

「我才不想被一點也不像大人的大人這麼說咧！……哈啊，口好渴。」

愛莉西亞隨手拿起面前的杯子一飲而盡。

「喂君塚，這個『灰姑娘』是什麼東東？」

感覺沒喝過癮的樣子，她打開飲料菜單並對我問道。

「嗯？啊，是雞尾酒的名稱。因為是不含酒精的，所以小孩子也可以喝喔。」

「我已經十七歲了不是小孩。」

「就算是十七歲也不能飲酒吧。」

「那我要點這個灰姑娘！」

愛莉西亞高舉著手喊了聲「不好意思」叫來服務生……唉，她的情緒還是跟坐雲霄飛車一樣。

——近兩週來，我跟代理偵探愛莉西亞一起在整個倫敦面對了各式各樣的委託。事件本身都不是什麼大不了的麻煩，但畢竟我的搭檔是那個極為感情用事的愛莉西亞，與和希耶絲塔搭檔時的辛苦相較，完全是截然不同的層面……回首這兩個禮拜，會發現為了解決一個問題反而掀起了上百種風波，這就是我每天所過的生活。

「你怎麼了？」

好像終於察覺到我的視線般，愛莉西亞不解地歪著頭。

「沒事。總之，我覺得能找到妳的住處真是太好了。」

這千辛萬苦的兩週只有一項收穫。愛莉西亞目前已經搬出我跟希耶絲塔生活的公寓了，正寄宿在某教會之中。那裡是照顧孤兒的慈善機構，因此無依無靠的愛莉西亞也能得到對方的收留。

「呵，那不過是應急的手段罷了。只要沒幫愛莉西亞找回她的記憶跟身分，問題的根本就無法解決。」

希耶絲塔停下了正在切烤肉的手這麼說道。這大概是因為她無法接受自己沒能完美達成任務吧。不過，這段時間她一直因傷而無法出門，能在幕後幫忙和教會交涉已經是最大程度的協助了。

「昨天我去過教會了，那邊很有趣喔。」

愛莉西亞似乎能體諒希耶絲塔的苦衷，她望著後者這麼說道。

「那邊除了我以外還有許多無家可歸的孩子，我跟他們一起玩。該怎麼說，感覺就很像學校。」

愛莉西亞語畢，露出一口潔白的牙齒，還朝我們比出勝利手勢。看到這種表情，希耶絲塔好像也無話可說了，嘴角忍不住微微上揚。

「學校嗎……我也很久沒去了。」

最後的記憶是中學二年級參加的那場校慶園遊會。仔細想想那時候我也是被希耶絲塔拉著東奔西跑。

「為什麼要看著我？」

希耶絲塔頓時對我不滿地瞇起眼。

「當初的可麗餅跟章魚燒都很好吃吧？」

「我只記得自己吃到肚子痛而已。」

「對喔，那次你還龜在廁所裡出不來。」

「這麼說來妳還偷窺我呢……」

「然後你還在鬼屋裡嚇個半死。」

不要提起那些多餘的事啊。其他還有什麼？記得我們在半推半就下玩起結婚禮服的角色扮演……不，那個也不是什麼正面的回憶，還是列入黑歷史、黑歷史吧。

「好吧，記得那條緞帶挺適合妳的。」

我又回想起用赤紅緞帶代替髮箍紮在頭上的希耶絲塔。

「你還看到整個人呆掉呢。」

「我才沒有整個人呆掉，只不過是有點入迷罷了。」

「助手，你的日語怪怪的。」

希耶絲塔倏地拿起餐巾擦拭嘴角並這麼吐槽。

哎呀，我說了什麼不對勁的話嗎？

「緞帶嗎？真羨慕耶。」

這時，愛莉西亞晃動起雙腿。看來這位夢遊仙境的少女，也到了想妝點自己的年齡。

「那下次送妳一條吧。」

「真的嗎!?太好了！」

聽到希耶絲塔這麼說，愛莉西亞像是難掩興奮之情般加快了雙腳的擺動頻率。

「人家也好想紮上緞帶!…………去真正的學校上學喔。」

她臉上浮現出寂寞的笑容，這麼喃喃說道。

儘管愛莉西亞喪失了過往的記憶，不過依照她剛才說話的口吻，簡直就像很確定以前從來沒上過學一樣，聽起來似乎是她在無意識之中喚醒了過去的部分記憶。

我不知道該怎麼安慰這樣的愛莉西亞，另一方面希耶絲塔則似乎在思索什麼般瞇起了碧藍的眼眸。

「開玩笑的啦。」

結果愛莉西亞蒙上陰霾的表情也只維持了一瞬間，她很快又一口喝乾玻璃杯中的飲料。

「我不在意那個。因為現在，我還有其他事可做。」

「是偵探的工作嗎？」

「對。」

所以我才沒空去學校呢——愛莉西亞自顧自地點著頭。

「話說回來，妳好像也還沒找到藍寶石之眼嘛。」

這麼說的人是希耶絲塔，她臉上露出挑釁的微微一笑。

沒錯，在這兩週裡，我跟愛莉西亞雖然成功解決了幫忙找寵物之類的簡單委託，但最重要的藍寶石之眼卻一點成果都沒有。

不過恐怕希耶絲塔也不是真心想把這件事扔給愛莉西亞處理吧，剛才那番話頂多就是希耶絲塔為了緩和現場一時陰鬱的氣氛才隨口發言的——本來應該是這樣沒錯。

「……唔，我、我知道了啦。我負責找出來總行了吧。」

愛莉西亞站起身，氣嘟嘟地鼓起臉頰。妳是瞬間就能把水燒開的快煮壺嗎？

「喂喂，妳打算現在行動喔？」

「君塚不必跟來也沒關係。」

「外頭天已經很黑了，會有妖怪出沒喔。」

「……那我先回家等明天早上再出發吧。」

這種令人拍案叫絕的改變立場速度不如說有點可愛。

「……咳咳。總之，在明天結束以前我一定會找出來給你們看！」

愛莉西亞對我跟希耶絲塔用力伸出食指，接著就一個轉身離開餐廳。

「結果，她連雞尾酒也沒喝就走了。」

好吧，反正以後有的是機會。我把自己杯中剩下的飲料喝完，這才感覺鬆了口氣。

「感覺是個很難管教的孩子呢。」

這時，希耶絲塔把不知幾時點的一杯新飲料推到我面前。

「很累人吧，這兩週。」

「沒錯……不過，總覺得妳好像沒什麼立場說這個啊。」

希耶絲塔跟愛莉西亞相比，性格與心態可說是恰好相反，不過不論是陪哪一方都會讓人非常疲憊這是毫無疑問的。

「……可是，之後該怎麼辦呢？關於愛莉西亞。」

趁愛莉西亞不在的時機，我刻意用比較模糊的方式問道。幸好對方是希耶絲塔，一定能輕鬆聽懂我的意思。

「只要是洗了一半的頭，我從來沒放棄過。」

「……是嗎？」

既然希耶絲塔的傷已經治好，就代表我們得準備跟海拉的第二度戰鬥。也就是說，我們非得在此和愛莉西亞分開不可。

然而此時此刻，希耶絲塔卻搖頭拒絕。比起打倒那個巨大的邪惡，她寧可選擇幫助一位孤獨受困的少女。

「絕對不能在查出她的年齡、出身，以及真正的名字前對她撒手不管——不論委託人的要求是什麼，我都一定要加以實現。」

希耶絲塔說這番話的同時，臉上伴隨著微笑。

這種雖然慌張但卻平和的日常，看來還得稍微持續一段時間。

「就是說還得在倫敦待一段時間囉。」

「沒錯。只有我們兩人的同居生活。」

希耶絲塔的脣抵著杯緣，白皙的喉嚨發出咕咚的吞嚥聲。這個動作在我看來相當妖豔。

「怎麼了？」

「……沒事，只是覺得好像太安逸了。」

在此之前的將近三年，我跟希耶絲塔體驗了追逐《SPES》，抑或是被他們追著跑的生活，簡直每天都過得波瀾壯闊。在無水的沙漠裡徒步前進，冒著颶風的侵襲露宿，抑或是在荒郊野外設法解決上廁所的問題，這樣的經歷用兩隻手的手指也數不完。有時要與《人造人》戰鬥，有時又要與身為人的尊嚴搏鬥，可說是令人眼花撩亂的三年時光。而這段日子的每一天，我都——

「你好像陷入了感傷。」

希耶絲塔用指尖戳戳我的臉頰。她的表情，就像是發現了一隻值得玩弄的獵物般……真是的，這傢伙老是說一些彷彿能看透人心的話。就是妳的這種舉動，讓我最討厭了。

「我才沒有咧。」

我拿起希耶絲塔剛才推到我面前的玻璃杯，將裡頭的液體一飲而盡——結果。

「噗！……喂，這不是酒嗎！」

可惡，好苦……這是我這輩子第一次喝酒……

「喂，我們還沒成年耶！」

「有哪個未成年的會隨身攜帶那玩意？」

希耶絲塔瞥了一眼我的腰際附近。妳要那麼說我就沒辦法了。

「今天是慶賀我康復的日子對吧，那你就得負責陪我到最後。」

希耶絲塔說完又輕輕搖了搖杯子，她喝紅酒的模樣還真是賞心悅目。

「剛才那些臺詞也不是未成年人該說的吧。」

「你呢？想再喝點什麼？」

「不了，我已經……」

「你之前不是說過，要好好補償我嗎？」

希耶絲塔動著櫻桃小口。

補償——是指之前蘋果派的事吧。

「所以說，你必須乖乖聽我的話，對吧？」

希耶絲塔微微歪著頭。

潮紅的雙頰。大概是喝醉了吧，眼眸也顯得略微溼潤。

這種姿態，總覺得比平常的她更為稚嫩。

「……那只能再喝一杯囉。」

畢竟看到這樣的表情後，誰有辦法拒絕呢？

◆總有一天，會回憶起今日

「然後然後你知道嗎？那個時候因為我年紀還很小，不小心吞下西瓜籽後，我還擔心胃裡要是發芽了怎麼辦呢？」

離開餐酒吧並返回家中後。

希耶絲塔的臉已經泛紅到幾乎完全失去平日那副肌膚白皙的形象，只見她抱著雙膝屈腿而坐，用自己那個剛痊癒的身體一上一下地在床上搖晃著。跟我一樣穿著浴袍的她，每當這麼晃動的時候，她身上那個**充滿女人味的部位**就會隨之劇烈搖晃。

不，看起來會晃動可能單純只是我的腦袋一片昏沉的緣故。

……別去想了，反正想也想不通。總之我是醉得一塌糊塗。

記得在那間能欣賞夜景的餐廳，我跟她約好「這是最後一杯」，像這樣的約定……大概重複了十遍吧。最後一次我們好像還打勾勾，手挽著手吞下那杯酒對吧？唔——想不太起來了……

「助手？你有在聽我說話嗎？」

「啊啊，我有在聽啊。是在討論西瓜究竟是蔬菜還是水果的話題吧？」

「沒錯沒錯。我去蔬果行買西瓜，結果對方卻拿出醋漬烏賊我真的傻眼了。」（註2）

我拚死驅動已經無法運轉的大腦，對坐在對面說話的希耶絲塔不住地點頭應付。

除了從剛才我們的對話就完全是雞同鴨講外，不可否認地，我也有種她說的內容非常瑣碎的感覺，真沒想到那個希耶絲塔……那個完美無瑕、沉著冷靜、史上最

註2　日文中西瓜與醋漬烏賊發音相同。

強的名偵探，竟也會喋喋不休地說著這種無聊的話。

她一定很快就會轉為高尚有益的話題吧，我盯著希耶絲塔的眼睛仔細聆聽。結果希耶絲塔的雙眼就好像溶化一樣垂了下去，平日那種冷靜的形象蕩然無存。

「喂，你為什麼從剛才就在閃避我的樣子？」

希耶絲塔像是在鬧彆扭般嘟起嘴。

她擺出這種表情，總覺得好像是我做了什麼對不起她的事。

「來，來這邊。」

「……到床上？」

「嗯，到這邊陪我一起聊聊天吧？」

這到底……是怎麼回事？

年輕男女待在同一張床上，這個，該怎麼說，從各個角度看都不太妥吧？

當我還在驅使僅存的正常思考或理性什麼的努力抗拒時——

「不行嗎？」

「哪會，當然沒問題。」

脫口而出的答案卻是這個，真是一點辦法也沒有。我遵從自己的思考結果，身體滑入了希耶絲塔所在的那張床上。

……有必要急到用滑的嗎？雖然一瞬間冒出這樣的疑問，但也在一瞬間拋到腦後了。

「呼呼，像這樣睡在一起畢竟還是第一次呢。」

最後希耶絲塔也鑽到我身旁。

不知不覺我們共享了同一張床，同一床被子。

「你跟我的距離好近呢。」

希耶絲塔側著頭望向身旁的我。

房間的照明儘管有點昏暗，但臉上的模樣還是可以清楚辨識出來。

「嗯，果然是過了兩天沒看到就很容易忘記的長相。」

「就算喝到爛醉妳說話的調調也不會改變啊。」

「呼呼，那是因為捉弄你很有趣呀。」

「出現了，虐待狂的大小姐。」

「不過老實說你也很喜歡被我虐待吧。」

「不要假造這種奇怪的設定！」

「那我這輩子都不再捉弄你這樣會比較好嗎？」

「…………」

「還是我這輩子都不再主動找你說話？」

「…………」

「你果然很有趣耶。」

「……吵死了。」

「你那種委屈的表情還挺可愛的嘛。」

「這根本不算誇獎吧！」

「好吧，反正過了兩天還是會忘掉你那張臉。」

「所以結論還是回過頭捉弄我!?」

我忍不住轉頭看向希耶絲塔。

「不過。」

沒想到，映入眼簾的卻是她正在仰望天花板的側臉。

「跟你一起度過的這三年，我這輩子是絕對不會忘記的。」

她如今這種堅毅的表情，才是我一輩子都不會忘記的畫面。

「呼呼，不知為何，總感覺話題變得太嚴肅了。」

結果，希耶絲塔隨即又恢復那種醉茫茫的表情，將身體轉向我。

「從妳身上把嚴肅拿掉那就什麼也不剩了吧。」

這下子，我錯過了把身體轉回仰躺姿勢的時機，所以就變成跟希耶絲塔面對面了。

「太過分了，你把我當什麼啊。」

理性的代名詞？

或者該稱為理智的名偵探吧。

「那麼，偶爾一下。」

希耶絲塔倏地縮短了跟我之間的距離。

只差幾公分，我們的鼻尖，或者雙唇就要碰到了。雙方的身體幾乎是緊密相貼的狀態，從希耶絲塔胸前碩大的膨脹處，傳來了她的心跳聲。

「——要不要偶爾也做一些，不那麼認真嚴肅的事？」

這番話讓我渾身都發燙起來。

這麼說來，她之前也曾提過三大慾望之類的話。

「希耶絲塔，我……」

等回過神，我已經俯臥在希耶絲塔的身上了。

「……助手。」

這時，希耶絲塔緊閉上雙眼。

下定決心後，我將自己的臉、嘴脣，努力朝她靠近，靠過去——

◆大部分的深夜衝動一旦隔天早晨憶起就會讓人想死

「呼唔，好想死啊。」

翌日早晨醒來，我的思考運轉了一圈後自然而然發出了這句感想。

首先是我的頭痛欲裂，不論怎麼想都是宿醉造成的。此外不只是物理方面、就連精神上也有讓我頭痛的因素，那便是如今在我身邊正發出輕微熟睡呼吸聲的這位名偵探。

謠傳只要喝到酩酊大醉就會出現斷片狀態，導致第二天早上完全想不起前一晚的事……但很遺憾，我的大腦對昨天的醜態可是記得一清二楚。

「唔，咕，好想死……」

第一次喝酒加上深夜衝動的結果，就是做出了讓我丟臉到想死的行為。昨天的我究竟在想些什麼啊……為何會鑽進希耶絲塔的床……然後又……

「唔嘔嘔嘔嘔。」

各式各樣的複雜情緒加上胃裡的消化物逆流讓人非常想吐。我一邊摀住嘴，一邊試圖從床上爬下來。

「…………」

結果卻剛好跟突然醒來的希耶絲塔四目相交。雙方對看了一會，感覺光是眨眼的時間都變得好漫長。

「……早啊。」

「…………」

試著打了聲招呼但沒有得到回應。

取而代之地，希耶絲塔先將被子拉過頭頂，彷彿確認過什麼後才再度探出臉。她的臉上沒有任何表情，要說一如往常地冷靜那倒也沒錯……只是不知道為什麼，總覺得她臉上包含著一種非常驚人的氣息。

「早安。」

希耶絲塔終於回答我，並將浴袍的前面開口仔細拉緊才下床，她從平時使用的行李箱中取出一個小的銀色手提箱。

因為她背對著我所以我看不清楚她的動作，從那小箱子裡又拿出了什麼呢？正當我在猜測時，希耶絲塔終於朝我這邊轉過身。

「助手，請你伸出手臂一下。」

「先把妳那嚇死人的大針筒收起來再說！」

希耶絲塔右手抓著針筒，其針頭尖端還淌出了液體。

「放心吧，只會痛一下下而已。」

「我拒絕！雖然剛才我喃喃自語說好想死，但並不是真的想死！」

「我又不是要殺了你。這裡面的藥液，不過是能讓人的記憶暫時消失罷了。」

「別鬧了！那難道也是妳引以為傲的《七種道具》之一!?」

「這個不是喔。你回想看看，應該還沒忘吧？過去在校慶園遊會上，不是逮到了《廁所裡的花子同學》嗎？其實這含有一點當時那種藥物的成分。」

糟、糟透了……這效果根本沒經過嚴密的臨床實證嘛……

「你放心，這是經過多次實驗後所製造的對健康無礙改良版。」

「先等一下，妳實驗的小白鼠該不會是我吧!?總覺得最近自己老是忘東忘西難道原因就是這個!?」

如果真是這樣那可不是鬧著玩的。我穿著浴袍想直接衝出房間……結果。

「休想逃跑。」

「咕，嘎。」

希耶絲塔飛撲過來直接騎在我的背上，讓我動彈不得。

「好啦，伸出手臂。把昨天的事……昨天的我，通通忘掉吧。」

希耶絲塔一旦認真起來我完全不是對手，只見針筒逐漸逼近我的右臂——

「……好像有人來了耶。」

「…………」

「不用去看一下嗎？」

「呿。」

「別咂嘴啊，太粗俗了吧。」

這完全不是妳平時的人設啊。

真沒辦法——希耶絲塔一副萬般無奈的模樣，從我身上離開走向房門。

「來了。」

緊接著出現在門外的是——

「屋子裡面好像很吵，你們剛才在做什麼呀？」

是那位代理偵探——愛莉西亞。

然後她雙手扠腰說了句「也罷」，很快地告訴我們。

「任務已經完成囉。」

愛莉西亞得意洋洋地交替看著我們。她手上，正抓著一個小小的袋子。

任務完成——難道在聚餐之後，她真的找到了藍寶石之眼？

就連希耶絲塔認真起來也不見得能找到的那玩意，愛莉西亞竟然成功了？

「就是這個。」

愛莉西亞語畢向我遞出袋子，結果裡面裝的是——

「眼罩？」

一條平凡無奇，跟剛才的對話完全搭不上邊的黑色眼罩。

不過愛莉西亞卻堂堂正正地表示。

「真正重要的眼睛，應該是那個吧。」

她指著我的左眼說。

「如果不好好戴上眼罩，**眼睛可是治不好的**。」

愛莉西亞努力伸直背脊，將眼罩戴在了我的左眼上。

「……被妳發現了啊。」

「那是當然的，都已經一塊行動兩個禮拜了。」

其實我並沒有對愛莉西亞隱瞞的意思——不過老實說，在跟海拉的戰鬥中，我的左眼也受傷了。儘管對日常生活沒有太大的妨礙，但視力畢竟是變差了，也因此才會不時在街上追丟愛莉西亞的行蹤。

「比起那顆是否真的存在都不確定的虛幻晶體，你確實擁有的眼睛更該好好愛惜才是。」

看來，我是稍微誤解愛莉西亞這個人了。這位少女直率表現出的喜怒哀樂，只不過是她的表面罷了。她的本質，一定更——

「這就是，我的回答。」

冷不防，愛莉西亞轉而看向希耶絲塔。

「想必是正確答案吧？」

原來是這麼回事啊？打從一開始，這就是希耶絲塔對愛莉西亞提出的考題。故意讓愛莉西亞去尋找一個根本不存在的物品，面對這種無理的難題，愛莉西亞究竟會如何作答。過了短暫的沉默後，這位竹取物語的輝夜姬終於宣布答案。（註3）

「正、正如妳所說的。」

希耶絲塔的目光游移不定，動搖的程度令人難以置信。

「哎，所以說妳不擅長說謊嘛。」

這位代理偵探，雖然只有一瞬間，但的確在這一剎那超越了名偵探。

◆這是一切的轉折點

「隨機應變可不是我的專長啊。」

難得擺出這種苦澀臉孔的希耶絲塔走在我身邊。

那之後，我跟腳傷痊癒的希耶絲塔一起去超市購物。

註3　在《竹取物語》故事中，輝夜姬也對前來求婚的男子們提出不可能完成的難題。

「妳浮現那種表情還真是久違了啊。」

看似完美超人的名偵探也意外地存在許多弱點。

「……你很吵耶。」

她這種委屈的模樣還真稀奇啊。我們偶爾交換一下強者弱者的關係應該也不賴吧？

「你就這麼喜歡那玩意？對年輕少女所送的禮物毫無抵抗力。」

希耶絲塔對我戴在左眼上的眼罩翻起白眼。對此，我正想提出適當的反駁時。

「……不，抱歉。是我錯了。」

不知為何總覺得希耶絲塔畏畏縮縮的，聲音聽起來也似乎頗缺乏自信。

「說真的，我覺得自己沒法關心你的眼睛到那種程度，所以感到很羞恥。」

「是嗎？」

我對該怎麼接話猶豫了一下。

「嗯，該怎麼說，其實妳也懂得人之常情嘛。」

最後我說了這番理所當然的廢話。

「妳也是會被那些細微末節的情緒影響的正常人類，真是太好了。」

「……是嗎？」

希耶絲塔淡淡地一笑後，安靜地點了兩、三次頭。

接著又走了一小段路，希耶絲塔突然停下腳步。順著她的視線望過去，那是一面通往地下展演空間的招牌。旁邊的牆上則貼著演出者的海報——雖然沒直接寫出名字，但上頭表示會有從日本來的嘉賓。

「希耶絲塔？」

「……沒事。」

希耶絲塔搖搖頭，再度邁出腳步。

「現在，還不行。」

「……？」

我正想追問她剛才那番話的意圖，但就在這時。

放在口袋裡的手機發出震動。看了一下螢幕，是國際電話。我狐疑地按下通話鈕，話筒傳出一個耳熟的說話聲。

『嗨，臭小鬼，看來你是勉強活下來了啊。』

說話的語氣就像個中年大叔。她的外表看起來明明很漂亮，就是因為這種性格才會被男人敬而遠之吧。不過我要是說這種話鐵定會被她大卸八塊。

「風靡小姐，上次我們見面時妳就應該這麼忠告了吧。」

真要說起來，還不是妳帶給我們那件開膛手傑克的案子，才會害我跟希耶絲塔身負重傷。之前妳偷偷潛入我們的住處時，卻對這種風險絕口不提。

仔細回想起來，她的所作所為似乎太不講理了，正當我還想繼續埋怨幾句時——

『嘎？我們上次什麼時候見面了？』

從電話傳來的聲音，聽起來不像是在捉弄我，而是單純感到困惑。

「呃，妳在胡說什麼啊。不就是兩個禮拜前，妳突然造訪我們的公寓，還提到了藍寶石之眼什麼的不是嗎？」

『嗯？我跟你們見面，就只有商量開膛手傑克事件的那次而已啊？你究竟是把誰跟我搞混了？』

霎時，我全身都冒起雞皮疙瘩。

『我最近才聽說，你們在那之後打了慘烈的一仗，所以現在才首次打電話關心一下。』

喂，騙人的吧。所以說，上次那傢伙是誰？就是兩週前，跟我們二度見面、那號看起來跟風靡小姐非常相像的人物……不對，仔細想想的確很詭異。那次出現的她，身上竟然帶著早就送給我的 Zippo 打火機。

『喂喂？君塚？還在嗎——』

感覺電話的聲音離我越來越遙遠了。

令人不快的預感，在化為確信後瀰漫到我的全身。

「助手。」

大概是已經充分理解了電話的內容吧，希耶絲塔以一臉嚴峻的表情靜靜地點頭。

我們在倫敦第二度遇見的風靡小姐，是冒牌貨。

能耍這種把戲的傢伙，是可以自由改變外貌的存在——除了地獄三頭犬外不作第二人想。

◆名偵探VS名偵探

跟正牌的風靡小姐通過電話的翌日。

「不過，地獄三頭犬的確是在我們面前被殺了吧？」

這裡是偵探事務所兼住處的樓房一室。

我跟希耶絲塔一邊吃咖哩，一邊嘗試整理在這座城市裡至今為止發生的事態。

「這蘿蔔跟鐵塊一樣硬。」

「所以讓我負責料理根本就大錯特錯了嘛。」

「你幹麼一副志得意滿的樣子。」

「呃，其實我只是找不到平常那把菜刀罷了。」

「……所以你就用手把蔬菜撕成這種亂七八糟的碎塊嗎？」

好啦好啦，現在不是爭論這種事的時候了吧。

「正如你所說的，地獄三頭犬已經死了。我想這點應該不會錯。」

「那麼，那個假的風靡小姐是？說起變身能力果然還是地獄三頭犬……」

「你到底支持哪種看法啊。」

……儘管希耶絲塔這麼吐槽，但實際上不論哪種推論都會產生矛盾。

我們的確眼睜睜看著地獄三頭犬被殺死。不過，這就無法說明之後冒出來的假風靡到底是誰。

「既然如此，就代表兩個答案都是對的，或者也可以說兩個答案都是錯的。」

「妳以為是禪宗公案喔？」

「這種時候不要亂開玩笑。」

希耶絲塔把舀了馬鈴薯的湯匙插進我嘴裡。原來如此，這咖哩的確很失敗。

「舉例來說，如果那個冒牌女刑警的真實身分是海拉呢？」

「海拉？但她並沒有變身能力啊……」

「所謂《人造人》。」

希耶絲塔打斷我。

「所謂《人造人》，是以某種核製造出來的存在。只要能繼承那顆核，就可以連帶繼承其特殊能力。」

「妳指的就是，海拉從地獄三頭犬左胸挖出來的、那顆像黑色石頭的玩意？」

「聰明。可以設想為海拉悄悄回收它並奪走了地獄三頭犬的能力。」

「所以意思就是地獄三頭犬本人已經死了，而繼承其變身能力的海拉，化為風靡小姐的模樣跟我們接觸？」

要是這個推論沒錯，就可以解釋為什麼不論地獄三頭犬死前或死後，狩獵心臟事件都不斷發生的現況。

不過，若真是那樣，海拉究竟是為了什麼目的才來造訪我們？

她堂堂現身於我跟希耶絲塔、甚至愛莉西亞都在的場合。而且，刻意提起了自己引發的連環殺人事件，並告訴我們《藍寶石之眼》的存在。這是為了挑釁嗎……不，照正常的邏輯判斷，設下陷阱的可能性或許較高。

「真相依然隱晦不明……但話說回來，我們該採取的行動本身並沒有改變，那就是讓這一連串的殺人事件盡速落幕。」

是啊，的確。這次一定要打倒海拉，就只有這樣而已。

「附帶一提，後續事件的被害者共通點是？跟之前的地獄三頭犬一樣隨機犯案嗎？」

「沒錯，似乎就跟隨機殺人狂一樣無差別地襲擊路人。」

昨夜已經是第四名死者了——希耶絲塔補上一句。

「那她四處奪取心臟的目的是什麼，果然還是復活《生物兵器》嗎？」

「天曉得，搞不好是自己要用的。」

「自己要用？……啊啊，對喔。」

沒錯。海拉的心臟，在最後跟希耶絲塔單挑時已經被自己的劍刃貫穿了。

「因此，海拉說不定真是為了給自己找顆新的心臟。」

「又不是紙娃娃，真能這樣隨便換嗎？」

「當然能。」

希耶絲塔若無其事地說道。

「畢竟敵人可是《人造人》。」

……確實正如她所說。打從一開始，我們戰鬥的對手就是怪物。

「話說回來，只花一天時間妳就能查出這麼多情報來啊。」

昨天，在跟風靡小姐的通話結束後，希耶絲塔獨自消失在市街中……到了今天晚餐時間，她才終於帶著這些情報回來。

「只是因為新聞被限制報導所以調查不太順利。更何況如果之前那兩週我可以自由行動，這點小事早就查出來了。」

「別介意啦，既然受傷了就好好休息。不然的話，妳要是又不小心……」

我說到一半緊急打住，希耶絲塔瞥了我一眼。

「不，沒事。」

為了掩飾窘態，我大口大口嚥下難吃的咖哩。

把自己身體搞壞的話我會很擔心——像這種自以為是的關切，對這傢伙來說只是一種困擾吧。

「感覺從明天起，又要開始忙了啊。」

因此我決定隨便說些無關緊要的話蒙混過去。

「是呀。而且這麼一來……」

希耶絲塔很罕見地欲言又止，不過她不必說完我也能猜到是什麼。

「是指愛莉西亞的事吧。」

雖然找到了能收留愛莉西亞的機構，但那樣當然不能算完全解決問題。況且，之後我們就要投身跟海拉的戰鬥了，關於愛莉西亞的問題只好先往後順延。這就是希耶絲塔介意的點吧。

「如果是關於我的事，其實一點也不要緊。」

既然她本人都這麼說的話，那把優先順序往後延應該也無妨吧……

「……！愛莉西亞，妳是什麼時候冒出來的！」

等回過神，才發現愛莉西亞正坐在我的左手邊，喀哩喀哩地用力大嚼我做的咖哩。

「這音效聽起來一點也不像在吃咖哩呢。」

這時，我終於想起自己的左眼戴了眼罩。如果沒特別去意識它就會忘記視野變窄這件事。

「吃飯前有好好洗手嗎？」

「不要把我當小孩子，我都洗到指紋快溶化了。」

「妳是通緝犯嗎？」

「總之。」

愛莉西亞言歸正傳。

「不必在意我的事沒關係。應該優先解決的是有受害者的那邊才對吧。」

愛莉西亞意外地冷靜（雖然這麼說對她頗失禮），她主張比起自己的問題，這座城市發生的事件應該要更優先解決。

「愛莉西亞，妳在打什麼主意？」

結果，希耶絲塔卻向愛莉西亞投以似乎很訝異的目光。

「為了說明這種簡單明瞭的選擇，妳有必要特地跑來我們這裡嗎？」

……不知為何，總覺得房間裡的氣溫陡然低了兩度。

這時愛莉西亞也毫不服輸地從桌上探出身子與希耶絲塔正面對峙。

「這起事件，請務必讓我也幫忙。」

「就知道妳會這麼說。不過，絕對不行。」

「為什麼？」

「因為很危險，都已經死了四個人了。」

「但我在那兩個禮拜裡，也有跟君塚一起解決過事件呀。」

「好比協尋貓咪，把撿到的錢包交給派出所之類？」

「跟、跟事件的大小沒有關係吧！」

「妳這是強詞奪理。」

「強詞奪理也是有理的！」

雙方的爭論就像兩條平行線——然而二者的臉卻越靠越近，最後鼻尖都快撞到一塊了。雖說希耶絲塔待在原本的位置幾乎一公釐都沒動過就是了。

「妳稍微冷靜一點。」

我揪住愛莉西亞嬌小的肩膀，把她按回座位。

「……人家也是一名偵探。」

辯不過希耶絲塔，愛莉西亞很明顯地頹下了肩膀。

「愛莉西亞，妳頂多只是個代理偵探喔。」

結果希耶絲塔卻不打算見好就收，反而淡淡地陳述事實。

「現在我的傷已經治好了，我回來妳就沒有登場的機會了。」

「……喂，希耶絲塔，妳這話是不是有點太過分了？」

希耶絲塔所說的當然是正論。不過，正論並不一定總是最合適的解決之道。

「什麼，你也站在那女孩那邊嗎？」

「我不是那個意思。」

「啊啊，你果然是個蘿莉控……奇怪，菜刀真的不見啦。」

「都說不是那樣了。還有不要挑這個時機去找那麼恐怖的東西啊。」

「那你是怎樣？比起一起度過三年時光的我，你寧願**選擇**只玩了短短兩週偵探遊戲的那孩子……」

說到這，她鐵定是驚覺自己說錯話了。

「希耶絲塔，妳怎麼了？」

總覺得今天的希耶絲塔有點奇怪。

……不，不只是今天而已。搞不好，是最近這段時間都這樣。

舉例來說，她好像為了什麼而顯得很焦急。而且一旦我發現這種情況她就會突然變得率直起來，甚至做出類似撒嬌的言行舉動。這麼說來，她這陣子單獨行動的次數也增加了，瞞著我推進事件的傾向亦比以前更強烈。希耶絲塔，妳在對我隱瞞什麼嗎？

「不，我沒事。」

站在廚房的希耶絲塔，並沒有轉身面對我只是淡淡地這麼說道。她果然什麼也不肯告訴我……不過，那也是我們到目前為止所構築起來的關係。她不會在我不知道的情況下默默死去——當初能做出這樣的承諾已經算是天大的進步了吧。

「那，這樣好了。」

愛莉西亞倏地站起身，以強而有力的目光對準希耶絲塔。

「我就用我自己的方式來行動。」

就某種意義來說，這是跟希耶絲塔告別，而真正的意義也可以說是一位新偵探的誕生。

「這起事件，我一定會解決給妳看。到時候，我就——」

說到這，愛莉西亞緊咬住嘴脣。

「愛莉西亞？」

我不解地問，但她只說了句「沒事」並搖搖頭。為什麼不論哪個偵探都不肯回答助手的問題啊……

「總之，事情就是這樣。那從明天開始又要麻煩你啦，君塚。」

事情急轉直下，我突然又被交付了重責大任，不過在雇主平日的嚴格訓練之下——

「好的，我知道了。瞭解瞭解。」

憑藉著條件反射，我立刻說出了這種完全順從對方的回應。

「太棒了！既然如此，那從現在開始君塚又是人家的助手囉！」

「…………咦？」

發出驚呼聲的是希耶絲塔。她忍不住回頭望向我跟愛莉西亞這邊。

呃，其實我內心也發出了「咦？」的感想，但實際脫口而出的卻是希耶絲塔。

「不，助手是，我的……我的…………！」

希耶絲塔沒法再繼續說下去，只能有氣無力地開闔著雙唇。

然而，就在這個時間點。

「警笛聲？」

告知有突發事件的警告聲從窗外竄過。

那個聲音，也代表有第五位被害人慘遭海拉奪去了心臟。

◆人們將其稱之為，魔鬼傑克

在此之前，因為擔憂受大眾矚目很可能反而激發凶手的犯行慾望，所以媒體報導一直受限制的這起獵奇連環殺人事件，當被害者數量來到第五人時，這位在現代復活的開膛手傑克——終於以《魔鬼傑克》的名稱暴露在大眾面前。

至於其理由，是因為到第四人為止都是在深夜時段被害，這回卻是在比較早的時間發生，而且還有許多目擊者。更重要的是，這第五位被害人還是這個地區一位頗為有名的年輕女性議員。

充滿領導魅力且外表美麗的女性政治家被殘忍殺害，大眾傳媒終於群起揭露了這起驚世駭俗的事件。

「……所以結果就是這樣嗎？」

我們現在抵達了第五位犧牲者所住的老家，但這棟大房子門口已經擠滿了拿著攝影機的記者們。的確，我們也是抱著或許能得到什麼線索的心態才前往這裡……但這種情況很明顯已經超出了限度。

「明明都這種時候了……」

看那些完全不顧慮被害者家人心情的大眾傳媒，站在我身邊的愛莉西亞緊握住小巧的拳頭。

他們把電鈴按到快燒掉了，甚至瘋狂拍打大門……最後好像終於忍不住似的，屋門打開，走出了一位六十歲左右的憔悴女性。記者們爭先恐後將那位女性團團包圍——

「君塚，那個人是……」

「嗯，大概是被害人的母親吧。」

猜想是受害者母親的女性在玄關前被攝影機團團圍住，身軀縮得更小了。

「……不好意思，請問您有什麼想說的嗎……」

但即便如此，媒體記者還是沒放棄追問，這種場面簡直就像把這位女性當成了凶手一樣。

「君塚……」

愛莉西亞輕輕拉了拉我的衣袖。

「是啊，我明白。」

有沒有什麼法子可以把這群傢伙趕走呢，正當我在思索的時候。

砰——遠處傳來了突兀的槍聲。

之後的轉變相當迅速。大眾傳媒為了追逐新一手的消息，再度爭先恐後地朝槍響的方向衝了出去。數十秒過後，這裡除了我們以外已經沒有其他人了。

「真是現實的傢伙啊。」

簡直就像撲食誘餌的害獸一樣。能大膽利用這種愚蠢的動物習性，**我們這位名偵探**果然與眾不同。

「幹得好啊——希耶絲塔。」

「打算回到我這邊來了嗎？」

不知不覺站到我身邊的希耶絲塔，翻起白眼對我問道。

我本來就沒打算跟她解除搭檔關係啊。

「……謝謝。」

暫時先將三人之間那種微妙的尷尬氣氛擱在一旁，愛莉西亞對希耶絲塔喃喃道謝。

「我並不是為了誰才這麼做的。」

「妳真是一點也不坦率啊。」

啊——這句話，以前幾乎都是希耶絲塔對我說的，真沒想到今天會在這種情境下聽到。

「啊！」

這時，好像察覺到什麼的愛莉西亞發出急促的驚呼聲。結果我一回頭她又不見了——取而代之的，她正站在屋子的玄關前，緊抱住那位剛才被媒體包圍的女性。

「你們倆快來呀！」

愛莉西亞呼喚我們。

大概是突然解除緊張狀態所以昏倒了吧……我跟希耶絲塔扶起那位女性，協助對方返回自家。

「抱歉，給各位添麻煩了。」

在屋內的客廳裡，或許是稍微休息過後精神恢復了吧，女性對我們低頭致謝。

「啊，我現在就去端茶……」

「不，不必客氣。」

女性正打算從沙發上搖搖晃晃地起身。

「您沒事吧？」

一旁的愛莉西亞立刻支撐住女性的身體，讓她重新坐回沙發上。這麼一來那兩人就剛好並排坐在我跟希耶絲塔的對面。

「抱歉，因為事發突然，我又嚴重失態了……」

這麼說著的女性，望向擺在附近架子上的相框。那上頭有她，以及她女兒——也就是本次事件犧牲者，兩人肩併肩的笑容照片。

「先夫很早就因意外去世了，所以那孩子從小時候就過得很辛苦……她以前老是對我說『以後我要賺很多錢，讓媽媽可以過輕鬆的生活』……結果她真的很了不起，甚至幫我蓋了一棟像這樣的房子，有那孩子當我的女兒簡直是我的福氣，她是我自豪的……」

說到這，女性發出嗚咽聲，愛莉西亞則在一旁輕輕摩挲她的背。

「事發當天。」

對這位正在哭泣的女性，希耶絲塔問道。

「令千金是否有什麼不尋常的舉止？」

她淡淡地說著，面不改色。簡直就像在完成自己應盡的職責般，希耶絲塔只想一心完成工作。

「……希耶絲塔，妳這傢伙。」

是嗎？是我誤會了。剛才她之所以把那些媒體騙走，並不是為了幫助這名女性——而是為了讓自己可以在不受干擾的情況下問話嗎？

其實我早就應該猜到了，這就是希耶絲塔的辦事風格。她不會被一時的情緒所左右，是一名極度理智的名偵探，這點我最清楚不過了。

「那天……沒有。並沒有什麼奇怪的地方，她只是正常離開家……」

這位母親用手帕按著眼角，彷彿很痛苦地答道。

「那麼，或許您看過令千金的遺體能發現什——」

「希耶絲塔。」

我不讓她繼續說下去。希耶絲塔瞥了我一眼，隨後就沉默了。

「我沒能給予那孩子任何東西。」

這位母親，茫然地喃喃說著。

「始終都是她帶給我好處，而我卻毫無回報。沒想到結果卻是這麼痛苦。」

我沒預料到事情會有這樣的發展。說完後，這位母親淚流不止。

對此，希耶絲塔自不用說……就連剛才打斷她問話的我，也無法對這位母親做出任何回應。

「才不是那樣呢。」

因為這說話聲混雜著啜泣，我原本還以為是出自那位母親的口中。

但仔細一看，聲音的主人是坐在母親身邊的那號人物。

「只有接受好處，或是給予什麼的——母女之間並不是那種單方面的關係。」

愛莉西亞站起身，豆大的淚珠不斷滾落，同時對那位母親訴說道。

「您說您只會從女兒那接受好處——但那一定是因為，您從小到大也給了女兒許多有形無形的事物的關係！我說得沒錯吧！」

人的思念，必然是雙向運作的——這個理論，儘管缺乏證據，或者該說毫無任何說服力可言，但愛莉西亞依然以充滿渾身的強烈熱情拚命強調著。

跟希耶絲塔恰好完全成反比。愛莉西亞採取了我鐵定沒能力模仿的做法，試著朝這位需要幫助的對象伸出手。

「……謝謝妳。」

女性站起身，溫柔地摟住愛莉西亞。

「不知為何，總覺得是我的女兒在對我說話。」

◆從此時此刻，直到未來永恆

「剛才。」

在回家的路上，保持了好一會的沉默後，希耶絲塔才慎重地開口道。

「你為什麼阻止我？」

這是指，我在希耶絲塔問話的時候打斷她那件事吧。只是一介助手的我，為什麼要做出妨礙她工作的行為，她想問清楚我的目的。

「真要說起來，這一連串的事件，都是類似隨機殺人魔的犯案。既然如此，問被害人是否有什麼異樣不是一點意義都沒有嗎？」

「那是到此為止的前四起案子，並不意味著第五起也是如此。就排除例外情況的角度來說，我問那個問題還是有必要的。」

「那遺體的部分呢？妳說她看過遺體後可能會想起什麼，那是指……」

「同樣的道理。除了心臟被挖掉這點外，屍體有些跡象可能要親近的家人才能察覺出來，你把這個可以確認的機會一拳打飛了。」

希耶絲塔用不耐煩的視線刺向我。

她頂多就是站在理性、客觀的角度上說著合理的話。不過那也只是合理罷了，有些事，光靠合理是無法挽救的。

……不，說穿了我也不是完全認可這種說法。事實上，有許多次我本身都是仰賴希耶絲塔所認定的正義才獲救。

然而，那並不代表全部。比起合理，還有一些更應該優先的事物——我現在明白了，世界上還有人是抱持不同的思考方式。

因此，我一定是陷入了迷惘。我迷失了，不知道該怎麼做。

「只要能打倒海拉我可以不擇手段。不論是採取什麼樣的方式，我都一定要查出她的行蹤，這就是我的想法。」

不過——她又說。

「你的想法跟我不同呢。」

希耶絲塔的語調突然變得好像很寂寞。

「希耶絲塔，我……」

「我一直只相信你一個人啊。」

她垂下眼皮與長長的睫毛，躲在底下的碧藍眼眸正微微搖曳著。

那種悲傷的表情，就像是放棄了什麼似的。

我很想告訴她，事情不是那樣的……但我卻無法說出口。

「今天就先回家吧。」

希耶絲塔拋下這句話，便朝前踱步而去。

「希耶絲塔……」

「掰啦。」

我伸出的手劃過虛空，希耶絲塔則獨自朝公寓走回去。

「……………………呃我們不是要回同一間公寓嗎？」

感覺今晚的氣氛會很尷尬，我一邊這麼想一邊在夕陽下獨自發出嘆息。

「另外，別躲了快出來吧，愛莉西亞。」

我對那位從大樓間隙中悄悄探出頭、跟蹤技巧還很低劣的名偵探主動搭話道。

「啊，穿幫了？」

奇怪……愛莉西亞非常不解地歪著腦袋，接著我便與她並肩而行。

「嗯，該怎麼說。剛才那種事，其實經常上演的。」

愛莉西亞恐怕已經目睹剛才我跟希耶絲塔的衝突，因此我姑且先告訴她不必太過在意。

「畢竟都一起旅行三年了，會吵個一、兩次架也是難以避免的，不如說從來沒吵過架才比較稀奇咧。真要說起來，我跟那傢伙的性格及生活習慣都截然不同，這樣還能維持三年反而是讓人驚奇的程度了。好比說那傢伙總是白天打瞌睡，卻又老是抱怨我早上常常爬不起來。因此像這種爭論不過是家常便飯……好吧像這次這種對立的嚴重程度或許確實是第一次吧，不過，那又如何？妳應該聽過不打不相識這句話吧，搞不好可以趁這個機會加深彼此各方面的理解也說不定，呃——總而言之……」

「唔哇，沒想到你那麼在意呀……」

愛莉西亞用嚇了一大跳的表情望著我。

「你的臉上完全就是寫著『不安』兩個字，剛才都把內心隱藏的祕密直接洩漏出來了。」

「……不討論這個了。」

被愛莉西亞這麼吐槽我真是毫無回擊的餘力，還是暫時先把剛才的事從記憶中消除吧。

「啊，這麼說來。」

取而代之，我想起了另一件事，於是將手伸進長褲口袋摸索。

「唔哇。」

「別想歪好嗎？拿去。」

我把取出的東西遞到愛莉西亞手上。

「咦，這個——是那時候的？」

愛莉西亞把我遞過去的戒指放在掌心上，目不轉睛地觀察著。

這是之前我倆在尋找《藍寶石之眼》時，於路旁攤商所發現、那枚上頭嵌了藍色石頭的戒指。

「呃，該怎麼說，並不是這個的回禮喔。」

我指著左眼的眼罩表示。

話雖如此，但畢竟這枚戒指就跟玩具差不多，所以我也不期待她會有多大的回應就是了，結果——

「——我很開心。」

愛莉西亞閉起雙眼，將那枚戒指緊握在胸前。

「……愛莉西亞？」

她嬌小的身軀，看起來似乎正發出微弱的顫抖。

「我還是第一次從別人那裡收到禮物。」

「愛莉西亞，難不成，妳的記憶？」

但愛莉西亞卻搖搖頭。

「只不過，我有那種感覺。想必……喪失記憶前的我，就是個壞孩子吧。」

說到這，愛莉西亞露出苦笑。

並不是環境問題，而是自己不乖。這輩子活到現在連一次禮物都沒收過，愛莉西亞在自己的身上尋求理由。

聽到這樣的自嘲，我忍不住把手伸向愛莉西亞的頭……結果卻在幾公分前停了下來。

我並沒有那麼做的資格，但至少我還能用平常那種玩笑話蒙混過去。

「說得好像妳現在就不是壞孩子似的。」

「唔，嘎啊!?我是個超級乖的孩子吧！既活潑又可愛又聽話又惹人憐愛！」

「這笑話不錯。」

「不准笑！」

愛莉西亞用雙手朝我猛烈捶打，但我並沒有防禦而是用胸膛直接承受。

自稱十七歲，外表看起來十三歲，精神年齡只有七歲。

對這位不可思議的名偵探，我懷抱某個想法，於是便凝望著她。

「……吶。」

她那毫無傷害力的攻擊突然停住了，只聽見一個微弱稚嫩的說話聲從我胸膛前傳來。

「幫我戴上，戒指。」

聲音的主人仰望我，用莫名甜美的語調央求道。

「我戴？」

「君塚戴。」

「戴在妳的手指上？」

「戴在我的手指上。」

……這種發展是我完全沒預想到的。正當我不知該如何是好地用力搔著頭時，愛莉西亞已經把戒指放到了我空著的那隻手上，還站在我的正面伸出手背。

「為什麼是左手。」

「戴錯手指人家可是會生氣的。」

騙人的吧，怎麼搞得有點像是在求婚啊。

「……反正只是做做樣子而已，假裝一下。」

沒辦法了，我只好單膝跪地，握住愛莉西亞纖細的左手。

「請接著唸婚禮誓言。」

「怎麼妳這傢伙又變成牧師了。」

「呼呼。」

真是的，這種情況可不是隨便露出可愛的笑容就能蒙混過關的啊。

我乾咳兩、三次，清了清喉嚨，才說出什麼婚禮誓言。

「呃，誓言是怎麼說來著？從此時此刻，直到未來永恆？以後還請多多關照了，暫時就先這樣吧。」

我到底在做什麼啊。這種事，認真去想就輸了。

「總覺得——你一點也不正經。」

「吵死了，不要得寸進尺。」

就這樣我把戒指套進愛莉西亞的無名指，也恰好是在這個時候。

「之前我說得太過分了。」

一個非常、非常熟悉的說話聲似乎傳入耳際。我朝聲音的方向轉過頭去，果然是那位我極為眼熟的少女——她正低頭看向地面急促地說著一長串話。

「嗯，當然我直到現在也不認為自己的想法是錯誤的，更不覺得我的理念可以被輕易折服。不過，正如我有我認定的正義般，你也有你個人的意見這是非常合情合理的事……所謂以搭檔的身分一起工作，那個，有時候磨合彼此的理念也是不可或缺的……所以也就是說，我單方面把自己的想法強加在你身上可能是不對的吧。我用了似乎不符合你期待的說話方式，可能算是我有點失言了吧。不對，這麼說來你自己還不是有需要反省的地方……啊，不，我並不是來找你翻舊帳的……」

這位少女顯露出跟某人相似的醜態，最後才終於下定決心般抬起頭看向前方。

然而這時映入她眼簾的光景，如今也不必再贅述了。

最後，跨越了以為要持續到永恆的漫長沉默後，她才咧嘴這麼笑道。

「祝你們幸福。」

我這時才曉得有種笑容是可以殺人的。

「君塚，謝謝你到此為止的陪伴。」

「啊——果然我要死了嗎？」

◆我對你，一點，都不瞭解

「喂——希耶絲塔，妳有在聽嗎？」

「…………」

時間快到深夜了，在一片漆黑的房間裡。

我躺在沙發上，朝已經上床的希耶絲塔這麼問道。她應該還沒睡著才是，從剛才就一直聽見身體跟床單摩擦的聲響。

「聽不到我的聲音嗎？還是說在玩那個梗，就是我自己都沒察覺我已經死了？」

「…………」

……她始終保持這種狀態。

附帶一提，今天距離那場衝突已經過了三天……不過，希耶絲塔的心情卻始終沒有好轉。這三天我們一直都是分開行動，完全沒有任何對話。希耶絲塔單獨一人，我則是跟愛莉西亞一起搜索海拉——也就是《魔鬼傑克》的蹤跡。看來希耶絲塔好像到現在都對我擔任愛莉西亞助手這點感到相當不滿。

「別那麼孩子氣了。」

我終於煩躁到發出怨言。

「被喜歡小孩的你這麼臭罵，還真是出乎我的意料啊。」

……唉，終於肯說話了。看來我並沒有變成幽靈啊。

「不覺得整整三天都被故意無視的助手要可憐得多嗎？」

「不，我只是沒發現你還在這裡罷了。原本以為你已經搬去可以跟十三歲女孩結婚的國家了呢。」

「不要為了這點小事情就整整冷戰三天好嗎？我還以為妳真的暴怒了。」

「沒錯，我是真的暴怒啊。」

結果她的確是火大了。還有不要突然改變性格好嗎？

「呼呼，仔細回想起來還覺得滿有趣的。為什麼要在馬路邊求婚呢？」

「別把他人的求婚當笑話看啊。不對，那根本不是求婚吧！」

那只不過是鬧著玩罷了，這點我已經強調過好多遍了。

我把當時跟愛莉西亞之間的對話，以及事情的前因後果再度對希耶絲塔說明。

「那傢伙啊，這輩子可從來沒接受過別人送的禮物。」

所以愛莉西亞才會莫名開心。事情就是這麼單純，不過是陪她玩罷了……不對，從那傢伙的觀點，是不是這樣恐怕很難說。在這三天之間，愛莉西亞每次抬起左手都會露出開心的表情，她的這副模樣也不時浮現於我的腦海。

「喂希耶絲塔，關於愛莉西亞的過去，還是什麼都沒查出來嗎？」

的確，如今光是要追蹤海拉就耗去了我們所有精力。但如果是希耶絲塔，搞不好還有餘力掌握某些線索，所以我才姑且一問。

「天曉得，我一點頭緒都沒有。」

對名偵探而言這還真稀奇，果然她根本還沒認真去調查嗎？

「不過。」

這時，我感覺希耶絲塔好像從床上爬起來了。

「既然你已經很清楚，那不就夠了嗎？」

「妳說什麼？」

我躺在沙發上問道。

雖然房間很暗但感覺我們剛才四目相交了，於是我閉上眼，如此詢問。

「天曉得，我一點頭緒都沒有。」

希耶絲塔只是把剛才的話再重複一遍。

就在這時，我放在桌上的手機發出震動。我連忙跳起來，檢視手機畫面。

「抱歉，希耶絲塔，我要出去一下。」

「這麼晚了你要去哪？」

我一邊踹開門一邊答道。

「我的未婚妻遭遇危機了。」

◆就算被你嘲笑，我也不在意

「愛莉西亞！」

趕到現場後，映入眼簾的簡直就是我所畏懼的最糟事態。

在幽暗的小巷深處，那閃爍不定的路燈底下，有兩個人倒在地上。我首先跑向其中一人，那就是距離比較近的愛莉西亞跟前。

「……！妳還好吧！」

我把俯臥在地上的她抱起來進行檢查，發現她的右肩正大量出血。不幸中的大幸是找不到其他傷口了——

「……唔，君、塚。」

她還有意識。這麼一來就有救了，我立刻以手機呼叫救護車。

「那個，人……」

這時愛莉西亞舉起顫抖的手指向某個方向。

對喔，還有另一個倒下的人物是——

「左胸被割開了。」

我看過去，發現希耶絲塔已經在急救另一個倒地的人了。她大概是追著我的腳步而來的吧。

「雖然好像失去了意識，但應該沒有生命危險。這個人是警官啊。」

看起來附近的地面還掉落著手槍跟刃器。不過這也很合理，警官應該會穿防刺背心才對，大概是靠那個躲過了致命傷吧。

「喂，助手。」

「愛莉西亞這邊也沒事。這想必是海拉……《魔鬼傑克》幹的吧，總之至少保住一命真是太好了。」

「助手。」

「救護車好像來了。我跟愛莉西亞一起上去……妳就先回家休息吧。」

逐漸靠近的救護車警笛聲令我放下心來，我抱起愛莉西亞嬌小的身軀。

「助手，你那樣，真的好嗎？」

聽到希耶絲塔莫名悲傷的說話聲，我瞬間停下腳步。

然而，我卻——

「等回去以後，再三個人一起吃蘋果派吧。」

只能說出這種類似小孩子的心願而已。

「……君塚？」

那之後，在醫院病床上甦醒過來的愛莉西亞，揉著眼發現了我。

「喔，妳醒了嗎？身上有沒有哪裡覺得痛？」

我這麼問道，愛莉西亞默默地搖搖頭。

「君塚，我……」

「放心吧。」

愛莉西亞試圖從床上爬起身，我則把她按回病床上。

「真沒想到妳竟然會遇上《魔鬼傑克》啊。幸好照醫生的說法，妳只要靜養一段時間就能恢復了，真是不幸中的大幸。」

我從冰箱取出冰涼的蘋果，把小刀靠在上面旋轉削皮。

「我猜，警方很快就會過來問話吧。嗯，妳也算是事件的受害者，想必會被警方問很多問題……不過我也會陪在旁邊妳可以安心，我不會讓妳被為難的。」

「君塚。」

「啊，還有，跟妳一起倒地的警察好像保住一命了。總之，犧牲者還是停留在五個人的數目，所以妳也可以暫時安心了……」

「君塚！」

愛莉西亞抓住我的右臂。霎時我感到很緊張——不過。

「蘋果，都削到只剩核了。」

「……削蘋果還真難啊。」

我把變得很小的果肉放在盤子上。

「啊——」

「妳也來這套喔。」

總覺得這光景似曾相識，我這麼想著並用牙籤插進蘋果送到愛莉西亞的嘴邊。

「嗯，好甜。」

「真感謝妳如此率直啊。」

「率直是可愛的意思吧？」

「妳等一下，我去借根掏耳棒過來。」

「對一個受傷的人講這種話會不會太嗆了？」

「妳能這樣輕鬆跟我說笑那就再好不過了。」

說到這，我們彼此都噗哧笑了出來。

一如往常的互動方式，一如往常的笑容。

「話說回來，君塚，為什麼你能一下子就趕到那個地方呢？」

愛莉西亞緩緩坐起身，而我則是一屁股坐在病床邊的小圓凳上。

「那個啊，因為我幫妳裝了追蹤器。」

「啊，原來是這樣。」

「還有蘋果喔。」

「嗯。啊，不過我可以自己吃啦。」

愛莉西亞抓起剩下的蘋果放入嘴裡——

「……嗯噗！你剛才是不是又假裝若無其事地說了很離譜的話!?」

「別把已經吃下去的食物又吐出來啊。」

我用面紙擦掉噴到臉上的玩意，臭死了。

「追蹤器是什麼！好恐怖！跟蹤狂！」

愛莉西亞淚眼汪汪地抱住自己的肩膀。

「誤會，那是誤會啦。妳看，妳不是常常一溜煙就跑不見嗎？這只是預防的對策。」

「話說你是什麼時候裝上的！裝在哪裡！」

「愛莉西亞，真沒想到妳會穿那麼華麗的內衣啊。」

「低級！簡直是所有可能選項中最糟糕的地方！」

愛莉西亞摀著臉，砰咚一聲又倒回床上。

「不過託此之福，妳今天才能得救啊。」

「……這並不能成為你的免死金牌。」

「抱歉、抱歉。」

對愛莉西亞氣嘟嘟的嘴，我又送上一塊削得很小的蘋果。

「所以說，妳在外頭做什麼？」

都這麼晚了還在外面亂跑——我不經意眺望著病房的窗子並這麼問道。

「……我希望不會再有人，遭遇那種悲傷的事了。」

她指的是那個第五位犧牲者的母親吧。愛莉西亞在那時，以希耶絲塔跟我都無法模仿的做法拯救了對方。

「況且，這也是我的工作呀。」

「……愛莉西亞，為什麼妳要這麼拚命？」

為什麼要對當偵探這件事如此執著。愛莉西亞並沒有這個義務才對啊，我跟希耶絲塔也沒有強制她這麼做。

而且追根究柢，就愛莉西亞本人來說，最重要的應該是尋回自己的記憶才對吧。但她卻不管那個，不只是這次的《魔鬼傑克》案件，就連一開始希耶絲塔交給她的偵探任務她也是最優先達成。甚至始作俑者希耶絲塔都阻止她了，她還是依然故我。究竟是什麼動機驅使愛莉西亞這麼做的。

「我呀。」

愛莉西亞喃喃咕噥著。

「我一直都待在某個幽暗的房間中。那地方很暗，很暗……是一個既沒有光，也沒有聲音的世界。」

那指的是……不過，她的記憶應該還沒恢復吧。所以那頂多只是某種印象，某種主觀的感受，但也正因如此，對她而言那就是最大的影響因素。

「我什麼都不知道，也一定不具備任何明確的身分。每天，都只能屈指數著今天又過去了而已，我的生活就是處於這種無聊跟痛苦當中。」

不過——愛莉西亞繼續說道。

「到了某天視野突然開闊起來。有光線射進，也能聽見聲音……然後我還明白了蘋果有多麼甜。」

看著盤子上那些被削得形狀扭曲的果肉，愛莉西亞淡淡一笑。

「因此，過去我一直想像著，要是能獲得新生就好了。在那個深不見底的幽暗中，抓住僅存的一條垂下的繩索死命向上攀爬——爬上去以後我就能擁有新生命了。假使爬上去以後賦予我的使命是《偵探》的話，那我就要只為了那個使命而活。」

我的心路歷程就是這樣——愛莉西亞以堅毅的表情對我訴說著。

怎麼看都不像是七歲，或者是十三歲。

絲毫不輸給希耶絲塔。簡直是位氣質高雅又美麗的成熟女性，我心想。

「……不知為何，感覺好像有點累了。」

然而那種氣氛也只維持了一瞬間，很快愛莉西亞又恢復平常那種孩子氣的表情，浮現苦笑。

「大概是說太多話了吧。」

「嗯……總覺得，好想睡。」

「都這麼晚了也沒辦法啊。」

愛莉西亞一邊揉眼睛，一邊窸窸窣窣鑽回被窩中。

「我會在這裡陪妳到天亮，妳放心去睡吧。」

「那晚安囉。」

說到這，愛莉西亞的左手從棉被底下伸出來。

她的無名指上，依然好端端戴著那枚戒指。

「握住我的手好嗎？」

我本來想看看她說這番話的時候臉上是什麼表情，但很可惜她的臉完全躲進了被子底下。

「做這種事可是會被我嘲笑像個小孩喔。」

「……就算被你嘲笑也沒關係，快握吧。」

她發出像是在鬧彆扭，又隱約像是在撒嬌的聲音。

「一切如您吩咐，名偵探。」

照明熄滅後，我一直握著愛莉西亞嬌小的左手——接著，我也小睡了一會。

但只不過是在短短的一小時後，我就對自己的愚蠢行為感到萬分後悔。

窗外吹入的冷風喚醒了我，我睜開眼發現愛莉西亞的身影已經從病房消失了。

◆所以，我沒有資格撫摸她的頭

在深夜的街道狂奔。

幸好，我還知道她目前人在何方。

一邊用手機確認她的位置資訊，一邊朝那個地點前進。

「是在這附近吧。」

終於抵達目的地了，我環顧四周，卻一個人影都沒有。

於是，我接著踏進了這座擁有聳立尖塔此一明顯特徵的某教會。

「什麼都看不見啊……」

這個時間點，室內空間當然很昏暗，照明也沒有點亮。我只能依靠手機提供光源，一路深入到內部。

忽然，我來到了一處有微弱光芒的地方。光芒的真相是月亮——月光穿過教堂牆上的花窗玻璃，微微照亮了附近一小塊區域。

非得要快點找到愛莉西亞才行。我心裡這麼想，正要踏出一步的時候。

感覺到了某種氣息。

對方並不在附近——不過這種狀況也只維持了一瞬間，兩者的距離一下子就拉近了。在這麼暗的地方我無法戰鬥。假使對手已經在這裡潛伏很久了，那敵人的眼睛一定早已適應黑暗。戰局對那傢伙非常有利。

「不過，千萬別以為是那樣喔？」

我把左眼上的眼罩拉到右邊——**這隻左眼也早就適應了黑暗**。就這樣，我將槍口對準眼前這號人物。

「——我認輸啦。」

結果敵人對我的反擊，竟乖乖地舉起雙手投降。

「真沒想到也會有對你豎白旗的一天，是我的戰鬥技巧變鈍了嗎？」

「這種時候率直地為助手的進步感到喜悅不好嗎——希耶絲塔。」

雙方互相開著玩笑，並朝彼此聳聳肩。

我放下槍，將眼罩拉回原本的位置。右眼也差不多可以適應環境了。

「你跑來這種地方做什麼？」

「那是我的臺詞吧。妳才是咧，為什麼出現在這？」

之前不是叫妳先回家睡覺了嗎？

「我是來這裡趕人的。因為預判海拉有可能來這裡，所以先讓孩子們去避難了。」

……沒錯，這間教會除了職員外還有許多孤兒。而這裡，也是暫時收容愛莉西亞的那個機構。

「為什麼妳判斷海拉會來這裡？」

「嗯？你問了奇怪的問題呢。」

希耶絲塔以平時那種表情歪著腦袋。

「我才想要問你這個問題呢，所以跟著你來到這裡。」

「雖然有很多想吐槽的點，不過首先是妳為什麼能找出我的去向。難不成妳在我身上也裝了追蹤器？」

「開玩笑的啦，我根本不是來找你。」

這是我長年經驗累積的直覺——希耶絲塔輕描淡寫地把話題結束掉，不過總覺得她這麼說反而更恐怖。

「嗯那麼，下一個……」

「喂。」

當我正要抓出下一個吐槽點的時候。

「你到底想故意拖延到什麼時候？」

希耶絲塔用那對碧藍的眼眸凝視我。

她並不是在生氣。

不如說是悲傷，好像放棄了什麼似的。

真要說起來，這種表情跟幾天前我們發生衝突時，希耶絲塔浮現的反應是一樣的。

「你也已經察覺到了吧？」

察覺到什麼啊——我露出苦笑並不解地歪著頭。

真是的，這傢伙還是一樣老是說些令人難懂的話。

還是說另有目的？好比用套話的策略企圖從我這邊挖出情報？

「《魔鬼傑克》在尋找失去的心臟。反過來說，其鎖定的目標也只有心臟而已。」

是啊，正如她所言。因此直到第五名受害者，所有人都是被挖掉心臟，今天這位警官也差一點就犧牲了。

「沒錯，那位警官的左胸受傷了。要不是有防護裝備搞不好早就沒命了——他毫無疑問是受到海拉的襲擊。」

不過呢——希耶絲塔繼續說下去。

「那麼，她呢？」

月光照亮希耶絲塔，她依然用那雙碧藍的眼眸望著我。

「愛莉西亞為什麼是右肩受傷？為什麼她會被那位警官開槍射擊？」

啊啊，這麼說來我也有印象，醫生說明愛莉西亞的傷口是子彈掠過所造成的結果。

但這又怎麼了？這有什麼問題嗎？

我不懂。我一點，都不明白。

沒錯，比起那些，現在應該要先找到愛莉西亞才行，她一定還待在附近這一帶。

「警官之所以開槍射擊難道不是正當防衛嗎？」

「快讓開，希耶絲塔，我……」

我推開希耶絲塔的肩膀，踏著教堂的紅地毯繼續向前。

「此外跟手槍一起掉在現場的那把刃器，你難道不覺得很眼熟嗎？」

我不知道。我才不想管那些事。現場遺留的刃器，**跟我們家廚房不知何時遺失的菜刀非常相似**這點，我根本不打算一一去確認。

「喂，助手。」

「唔，比起那些，現在應該要快點找到愛莉西亞才行！」

得趕緊離開這裡了。得趕緊躲到聽不見希耶絲塔說話聲音的地方……唔！

「我想，你應該早就明白了才是。」

我無法抵抗她充滿哀傷的聲音，只能轉頭朝向後方。

在希耶絲塔的背後，那內殿的深處，聖母瑪利亞正俯瞰著我。

「畢竟，你也起了疑心對吧？不然你**把追蹤器藏在那枚戒指裡**的真正理由是——」

「住口！」

在大教堂裡，我的慘叫聲難堪地響徹著。

沒錯，我很清楚。我早就明白了。

海拉跟愛莉西亞是同一人，我在很久之前就感覺到了。

◆就這樣再一度，踏上了旅程

海拉，亦即《魔鬼傑克》的真正身分是愛莉西亞，即便我的直覺早就告訴我這項事實，但我依然撐到了最後的最後——僅存1％的可能性我也寧願採取信任愛莉西亞的行動。我這麼做的理由，究竟是她擁有能操控他人行為的能力，還是只是我個人很想相信愛莉西亞而已，究竟是哪個我也不清楚。

然而有一點是可以確定的，那就是愛莉西亞是我們的敵人這項事實。

「……不過，希耶絲塔。」

即便如此，我還是頑強地抵抗這難以推翻的真相。

「假使海拉跟愛莉西亞是同一個人，那個假的風靡小姐又是怎麼回事？當初妳不是說她就是海拉嗎？」

沒錯，假的風靡小姐跟愛莉西亞是同時在場的。如果假的風靡小姐是海拉，那果然就跟愛莉西亞毫無關聯了……

「不對，愛莉西亞正是搶走了地獄三頭犬變身能力的海拉。至於那個假的風靡小姐，可以判斷是另一名敵人。」

「……唔，怎麼可能。難道擁有變身能力的敵人，還不只一個？」

「這種思路比較合邏輯吧。此外，也有可能**那傢伙**是更棘手的敵人也說不定──舉例來說，就類似他們的**老大**。」

……！這怎麼可能。《ＳＰＥＳ》還有比海拉更高階的敵人──

「不過，現在首先要找到海拉吧。如果不趕快找到她……」

「妳是說**愛莉西亞**吧！」

希耶絲塔一個轉身準備離開，我卻迅速揪住她的手。

「不是海拉，是愛莉西亞。那傢伙她、她……」

我都懂。其實我早就明白了。我的理性可以理解這件事。

不過，我的情感卻無法追上頭腦的腳步。我的心還不想承認一切。

「在跟我們的戰鬥中，海拉的心臟負傷了。在那之後，立刻就出現掠奪他人心臟的《魔鬼傑克》，與此同時，一個身分不明的少女也現身在我們面前。」

喂助手──希耶絲塔轉過身對我說。

「你還要繼續主張，這全部都只是巧合嗎？」

我放開了希耶絲塔的手。

「……打從一開始，妳就查出這件事了嗎？」

「不。要是我能更早察覺，就不會出現那麼多犧牲者了……不過，直到紙快包不住火了，我都無法對那孩子起疑心。」

這果然，是受了那種能力的影響吧。希耶絲塔這個人，絕對不會被感情左右自己的行動。當我們看著海拉……愛莉西亞的《眼睛》，並聆聽她說話時，我們無論如何都無法懷疑到她身上。

心靈控制——不管是我或是希耶絲塔，從一開始就被愛莉西亞玩弄於股掌之上。

「太奇怪了吧。」

我難堪的說話聲，在寂靜的教堂中迴盪著。

「所以，那些又是怎麼回事？愛莉西亞的那張笑臉、哭臉，還有她的溫柔，那些全部都是我們的誤會嗎？」

還有愛莉西亞當時的喊叫呢？

救贖第五位犧牲者母親的那些話——那些全部都是騙人的嗎？

「不，我認為那是真的。」

這樣的話，至少還有挽救的餘地。

「那位女性，的確是被愛莉西亞的話救贖了。那位母親不是也說，簡直就像自己的女兒在對她說話一樣。」

沒錯，她的確哭著這麼說過。最後她還把愛莉西亞抱在懷裡，是的——

「……嗚。」

我全身冒出了雞皮疙瘩，再也無法遏抑嗚咽的衝動。

「那個時候，愛莉西亞她……」

愛莉西亞的左胸內正裝著那位母親的女兒心臟。

女性就像對待親女兒一樣，緊緊抱著殺害親女兒的真正凶手。

我已經……不行了。

必須要盡早、盡快找到愛莉西亞才行——務必要立刻阻止她。

「抱歉，我已經失去擔任名偵探的資格了。」

結果根本不用去找，她自行現身了。愛莉西亞就佇立在教堂入口，臉上浮現哀傷的笑容。

……其實說真的，我早就知道她會來這裡。

在先前的戰鬥中失去心臟的海拉，不斷尋找新的心臟。就這樣她依序用掉了五顆心臟，先前想要掠奪第六顆但失敗了。因此她有必要盡快取得新鮮的心臟才行——在這種大半夜只有這座教堂是她可以確定有人在的。她所鎖定的目標，就是那些本來跟她是同伴的其他孤兒心臟。

「愛莉西亞……」

面對逐漸逼近的她，我連一步也不動了。

然而，我從她身上感覺不到敵意。最後愛莉西亞站到肩併肩的我跟希耶絲塔面前。

「在我的體內，好像還有另一個我存在。」

愛莉西亞的手掌按住了自己的左胸。

「這兩者當中我一定是屬於『隱藏』的那方——因此我才沒有記憶，連自己是誰都不知道，覺得好像一直一直被關在幽暗中。」

解離性身分疾患——俗稱多重人格。

當遇到自己單獨無法承受的苦惱或痛楚時，藉由將記憶跟情感從自己身上分割開來變成另一個人格的處理方式，來迴避對身心的嚴重負擔，這是一種心理的防衛反應。

舉例而言，在幼兒時期遭雙親虐待而產生心理創傷，當事者為了減輕傷害而誕生出另一個人格，這樣的案例並不少見，在世界各國都有相當數量的類似報告。

至於這次的情況——首先是有海拉這一個主要人格，在先前戰鬥受到重傷後，身為海拉的意識變弱了，取而代之地是愛莉西亞這一人格浮出檯面，這是我的推測。因此愛莉西亞才會搞不清楚自己是誰，甚至幾乎沒有過去的任何記憶。

「我不是一直這麼強調嗎？真正的我是十七歲啊。」

這時，愛莉西亞刻意做了個鬼臉。

「……的確沒錯。我當初沒有相信妳，是我不對。」

恐怕愛莉西亞的這副模樣，是海拉繼承自地獄三頭犬的變身能力所製造出來的偽裝。實際上愛莉西亞是十七歲，真正的造型則是那個穿著軍服的紅眼少女吧。

「說真的，我自己也已經察覺到了。」

愛莉西亞忽然這麼喃喃說道。

「可是，我卻一直假裝自己沒發現。」

「……妳指的是？」

「就是在無意識當中，另一個我引發了那些殺人事件。」

這時愛莉西亞用力揪住自己的領口，緊握拳頭。

「不過，不知道是怎麼了。在跟君塚一起持續搜查的過程中，我開始懷疑或許凶手另有其人。事情一定是那樣的，我暗地裡這麼祈求著。」

當初愛莉西亞在病床上是這麼說的。

始終待在幽暗中的自己，某天突然有光線射入。光的來源有嶄新的自己存在，還能帶來全新的身分……因此她拚了命地想抓住這個機會。愛莉西亞死命逃離了，那些從地獄底部伸來的無數隻手。既然是這樣——

「愛莉西亞，那並不是妳的錯。」

我揪住愛莉西亞的雙肩。

「就算這雙手曾經殺人，**也不是愛莉西亞自己做的！**」

畢竟，事實就是如此啊？

愛莉西亞什麼壞事也沒做不是嗎？

當然她是有點任性，也不怎麼聽話，相處時經常做出讓人困擾的事——但即便如此，愛莉西亞依然是個溫柔的女孩。她能跟別人分享喜悅與快樂，也能為了他人生氣、流淚。

這並非我的錯覺，也不是被心靈控制後產生的想法。就在這短短數週內，我跟她在一塊確實累積了這麼多回憶。這些回憶要是被那場災禍摧毀了誰能忍受。有錯的並不是愛莉西亞。愛莉西亞什麼也……什麼也……

「抱歉了，君塚。果然我好像依舊是個壞孩子。」

愛莉西亞哭了起來。

如珍珠般的眼淚自那雙大眼中不停滾落，同時愛莉西亞緊咬著嘴脣。

「尋找惡魔什麼的，根本沒必要大費周章。」

這時有一滴眼淚，落在了她的左手無名指上。

「畢竟，惡魔從一開始就在我的體內。」

就在這一瞬間，愛莉西亞的戒指發出聲響碎裂了。

碧藍的寶石四分五裂，我藏在裡面的追蹤器也化為碎片四處飛散。

「助手！」

希耶絲塔一把撞飛我的身體。我狠狠摔在地板上承受衝擊力，慌忙抬起頭，發現希耶絲塔正交叉雙臂，防禦愛莉西亞準備揮下刃器的左手。

愛莉西亞所揮舞的，是我在病房裡削蘋果使用的小刀。

「愛莉西亞……」

她的眼眸失去了一切色彩——正陷入恍神的狀態。她的體內已經不存在愛莉西亞的意識。她就是像這樣，依序襲擊了多達五個人嗎……不過如果是對付普通人那也就罷了，她這種狀態是無法與希耶絲塔為敵的。

「失禮了。」

希耶絲塔一邊低聲致歉，一邊將愛莉西亞壓倒於地。接著她以麥格農手槍的槍口，抵住愛莉西亞的後腦。

「住手，希耶絲塔！」

等回過神，我已經把希耶絲塔撞開了。

「……唔！你這傢伙，是笨蛋嗎！如果不趁這個時機收拾掉……！」

「不行！用這種方法解決，愛莉西亞會……愛莉西亞會……！」

「難道你不明白任憑情感影響重要判斷會壞事的嗎！」

「妳不是不久前才學到這樣才是人性的象徵嗎！」

我跟希耶絲塔互相以槍口對準對方的眉心。

這對我或希耶絲塔而言，都是無法退讓的最後底線。

「哎呀，窩裡反了嗎？」

不知從哪傳來了這樣的說話聲。即便我的視線朝四周快速游移，也找不出對方的所在位置……是說，在幾週以前我們也經歷過類似的情況。

「那麼就把她再次交給我照顧吧。」

霎時，原本倒地的愛莉西亞身影突然從視野內消失了。

「……唔，是變色龍！」

我瞪著虛空。即便肉眼看不見，也可以確定那傢伙就在那裡。

「哎，害我找了那麼久。這傢伙趁我一個不留神就從我身邊逃跑了，沒想到她不僅改變外貌，就連原本的記憶都失去了。」

……果然是這樣。海拉在最初的那場戰鬥後，為了在我們面前隱藏真實身分而利用地獄三頭犬的能力變成這副模樣。然而她身心遭受的創傷太大，意外地讓愛莉西亞的人格浮出檯面，並在倫敦街頭漫無目的地徘徊——而我發現睡在紙箱裡的愛莉西亞，應該也就是在那個時間點吧。

「看來有必要對她進行真正的治療了。我先把她帶回**我家**吧。」

「……唔！你想上哪去！」

「距離這裡大約七百海里的西北方海域，有一座我們充當據點的孤島。怎麼樣，時候也差不多到了吧？兩位應該也做好戰鬥的準備，何不撥冗來舍下一遊。」

變色龍用頂多只能算是虛情假意的禮貌口吻，對我跟希耶絲塔公開宣戰。

「那麼，恭候二位的大駕。」

終於他拋下最後一句話，名副其實地完全消失了。

被留在原地的，只剩下我跟希耶絲塔兩人。

空虛與滯重的沉默，充斥著這個空間。

我失去了同伴，以及這段時間雙方所累積的羈絆——如今的我，甚至沒有資格去直視希耶絲塔的眼睛。

就這樣，又過了幾分鐘。也可能是過了數十分鐘。

「……唔！」

一股銳利的刺痛冷不防從我背後竄過。

「……還以為被你開槍打中了呢。」

我保持坐姿轉過頭去，原來剛才是希耶絲塔狠狠敲了一下我的背。

「你這傢伙，是笨蛋嗎？」

啊啊，這樣很好。隨便妳罵到高興為止，不過——

「我可是不會道歉的。」

我刻意將目光從希耶絲塔那邊挪開，背對著她說道。

「免了，你不必道歉。」

然而希耶絲塔卻出乎我的意料，跟我背靠背原地坐下。

「你想做你認為正確的事，而我也想做我認為正確的事。因此你不必道歉，我當然也不必道歉。就這樣吧，沒關係。」

我們就是這樣——背後的希耶絲塔這麼說道。

「……那接下來，該怎麼辦。」

已經失去一切的我們，接下來該如何是好。

聽到我這丟臉的喪氣話，希耶絲塔她——

「首先兩個人一起去超市。」

她語調淡然。

也就是用一如往常的口吻對我說道。

「在那邊買最大、最紅、最圓的蘋果。然後用那個做成蘋果派吃掉，記得要配上最高級的紅茶兩人一塊享用。至於再來嘛，如果你無論如何都想那麼做的話，就兩個人一起洗澡……不過還是要圍上浴巾喔！接著晚上叫外送的披薩，用可樂乾杯，徹夜欣賞電影應該也不賴吧。在不知不覺當中我們睡著了，而且兩個人第二天早上果然又賴床，為了這種細微末節的小事吵架。只要這麼做，我們就可以恢復一如往常的日常生活了，等這一切都完畢後──」

感覺背後的體溫消失了，我不禁回頭一望。

映入眼簾的，是那位坐著朝我伸出手的搭檔身影。

「就為了拯救同伴，踏上旅程吧。」

我毫不遲疑地，握住了那隻手。

那是為了，讓三人在將來還能並肩而行。

【第四章】

◆希望的方舟，航向終點站

「那麼，愛莉西亞被關在那什麼實驗設施的可能性很高嗎？」

乘坐這艘航行於洶湧海浪的小型船上，我重新向希耶絲塔確認之後的行動方針。

「嗯，沒錯。她應該會在那裡努力恢復身體。」

希耶絲塔拿起她最喜愛的杯子啜飲一口紅茶，並對我的問題點頭道。

從剛才船體就出現劇烈搖晃，但她卻能在毫不滴出半點紅茶的狀態下享受優雅的下午茶時光。一想到待會兒要執行的任務重要性，就覺得要保持這種從容應該很難才對……只是這位名偵探身上並不適用這種常識。

那齣教會悲劇發生的五天後。

我們動身前往據說是被《ＳＰＥＳ》實質掌控的某海域小島。

目標相當明確——那就是打倒海拉，並奪回愛莉西亞。

不過當然，那兩者是同一個人。

將海拉打倒，只救出愛莉西亞——該怎樣才能解決這個矛盾，我實在是想不通。不過，即便如此。

「放心吧，我已經想好計畫了。」

彷彿為了抹去我的不安般，希耶絲塔露出一派冷靜的模樣。

至於具體的作戰內容，她並沒有告知我跟夏露。是說，這也是希耶絲塔一貫的做法。在這三年當中，我們就是這樣一路過關斬將。因此，這次也一定——

「總而言之，我希望你跟夏露前往那座實驗設施。」

「我跟夏露……好吧先不管她了，那希耶絲塔妳自己有什麼打算？」

「我要去這個區域繞繞。根據情報，這裡應該是類似軍事演習場的地點。」

這時希耶絲塔攤開一張看似褪色地圖的紙給我看。

關於這個區域的情報，似乎是從在日本坐牢的蝙蝠那問出的。那傢伙原本是敵人——當然現在也是，不過像這種時候他反而會提供協助，蝙蝠也是被這位名偵探魅力所折服的一人吧。不管如何，他這次算是幫了大忙。

「再等我一下，愛莉西亞。」

愛莉西亞就在島上的某處……或者說島上的那個人是海拉。變色龍所謂的治療大概已經結束了吧，還是說她依然未恢復意識？不管真相如何，我都得盡快找出她的所在之處才行。

「唉，人家也好想跟大小姐一起行動啊。」

這時，夏露像小孩一樣用力鼓起臉頰。

關於這個問題先前稍微爭執了一下，但應該已經解決了才是啊……

「嗯——畢竟讓助手單獨行動我還是不太放心。」

希耶絲塔就像一位母親般安撫著夏露。不過同時，希耶絲塔還是沒忘了對我送出「你一個人不可靠」的訊息，關於這點她真是太嚴苛了。

「大小姐，您一個人真的沒問題嗎？」

夏露目光搖曳不安地問道。她可能是擔心海拉治療結束後，再度恢復人格與力量的危險性吧。事實上，在倫敦的首戰當中，海拉就已經把希耶絲塔逼到了絕境。

不過。

「妳放心吧。」

不如說希耶絲塔此刻甚至露出了從容的微笑。她對夏露這麼笑道。

「現在，海拉的心臟恐怕已經失去功用了。」

海拉在敗給希耶絲塔後，化身《魔鬼傑克》奪取了五人的心臟。倘若要問她為何會如此渴求新的心臟，那鐵定是因為那些心臟並不適合她的肉體之故。

不過，這種事其實也很稀鬆平常。本來器官捐贈就不是隨便找一個捐贈者便能成功的——這回的案例特殊之處，只不過是海拉是一名《人造人》罷了。

這陣子，海拉就像在消耗電池般使用那些新的心臟。當她用掉第五顆心臟，正準備向第六顆心臟出手時——被我跟希耶絲塔逮到了。

因此，目前海拉身體裡頂多只有那幾乎消耗殆盡的第五顆心臟而已。這麼衰弱的海拉，只要靠希耶絲塔一人就足以打倒了。至於該如何只把愛莉西亞的意識救出來——呃，這個計畫希耶絲塔應該已經想好了才是。

「終於要來了嗎？」

跟海拉，或者說跟愛莉西亞相遇已經一個月了。跟《ＳＰＥＳ》開戰也過了三年吧。

總算，可以為這漫長的旅程劃下一個句點了。一想到此，我就算不情願也忍不住挺直背脊。

「你在緊張嗎？」

希耶絲塔放下茶杯後，這麼問道。

「這是因精神太過亢奮而引發的顫抖。」

「啊，你真的在發抖耶。」

「就說了這是積極意義的發抖喔。」

「噗。」

「夏露，你給我閉嘴。」

「助手，要不要摸摸你的頭？」

「大小姐，人家好害怕唷……」

「妳這傢伙真是得寸進尺啊。」

只見夏露撲到希耶絲塔的膝上，這種光景我早就看膩了。

「你不用嗎？」

希耶絲塔一邊撫摸夏露的金髮，一邊側著頭對我問道。

「白痴，我才做不出那麼丟臉的行為咧。」

在這種最終決戰的前夕，我怎麼可能做那麼沒有緊張感的事。

「……呼嗯。」

不過，就像是突然想到什麼似的，夏露主動把頭從希耶絲塔的膝蓋上移開。

「讓給你吧。」

不，就算妳說要讓給我好了……對這種主動送上門的事，我的反應是……

「快來呀。」

希耶絲塔攤開雙手，嘴角微微掀起。

「……以摸頭而言這個姿勢也太浮誇了吧。」

「既然機會難得，我也想順便抱抱你。」

就說了妳的緊張感呢。

……不對，難道是我自己太緊張了嗎？只是，這也用不著她多管閒事。

「咦，你不給我抱嗎？」

「別把男人摟進懷裡當成是理所當然的事好嗎？」

「你的形容方式還真獨特啊。」

好吧算了——希耶絲塔這麼說道並放下雙手。

「那麼，等下次有機會吧。」

「永遠不會有那種機會啦。」

說到這，我們噗哧笑了起來。

這樣對我們最好。我跟希耶絲塔，一直都是如此。

「差不多要到了。」

希耶絲塔瞇起眼，遠眺大海的另一端。

在那裡，是我們這三年旅途的終點站。

◆聽著耳邊的引擎聲與風聲

沒過多久，我們抵達了小島的港口（其實幾乎只是普通的海岸線），一邊卸下裝備一邊上岸。

「那麼，我出發囉。」

「大小姐，請務必小心。」

夏露緊緊握住希耶絲塔的手，而我也順便……結果輸給希耶絲塔無言的壓力，只能伸出右手跟她輕輕擊掌一下。

「之後再會合了。」

就這樣，我們投身到最後的任務當中。

「這風吹起來真舒服。」

儘管是在這種場合，感受到被風拂過全身的感覺，我還是忍不住冒出一句。

空氣中有一股淡淡的潮香。

「研究大樓只要繼續直走就到了吧。」

夏露用比平常大的音量問。

「是啊，看地圖應該是這樣沒錯。」

我也被這股氣氛感染，大聲回答她。

之所以要這麼說話，是因為我們正雙雙跨坐在一輛機車上朝目的地疾馳。

這輛機車的大小勉強可以裝上船，然而對作戰的順利進行卻是不可或缺的。

我們可沒那個閒工夫在這座《SPES》的巢穴小島慢慢閒逛。

「……話說回來，是不是反了？」

沒戴安全帽的夏露往後座迅速瞥了一眼。

「反了？」

「我跟君塚的座位啦！」

不知為何，她這時突然火大。

怪了，我又沒做什麼壞事。

「一般這種情況下，駕駛應該是男生的職責吧!?」

原來如此，夏露似乎對兩人騎乘機車時由她來駕駛這點感到相當不滿。

「那不行，我沒駕照啊。」

「遜咖。」

「不要把我跟從美國來的妳相提並論啊。」

兩國的法律、法律不同啊。

「……另外還有。」

「還有？」

「別、別靠得這麼緊啊。」

她再度朝後快速瞥了一眼，不悅地嘟起嘴。

看來似乎對我抱著她腰這件事相當在意。

「呃，可是我會怕。」

「兩個人騎機車的時候男生怕個鬼啊。」

「抱著妳的腰不知為何可以讓我感覺安心。」

「噁心，這真是史上最差勁的性騷擾了。」

我們一邊說著這些蠢話，一邊破風在泥土路上前進。

如今只能看到毫無人煙的廣闊大地一路延伸下去。不過，在遠方有白色的風力透鏡（註4）並排矗立著。既然這座島會需要電力跟能源供應，便足以證明有人工的文明存在。

「剛才。」

夏露並沒有減緩機車的速度，就這樣向我搭話。

「你乖乖讓大小姐抱不就好了嗎？」

註4　一種風力發電機。

況且你那麼想吃女生的豆腐——夏露嘲諷起我目前的狀態。

「白痴，我怎麼能做出那麼丟臉的行為。」

「你現在的動作不就很丟臉嗎？」

「不，那只是因為我根本不在乎夏露對我的看法。」

「看我把你甩下車喔。」

好吧其實我也是那麼猜的——夏露又說道。

既然這樣就不要突然急轉彎啊，我真的會摔死的快住手。

「不過，你這樣一定會後悔的。在這種無謂的地方固執。」

頓時，夏露擺出嚴肅的語氣對我說。

「畢竟你，就只有大小姐而已。」

我只有希耶絲塔而已。

這句話——我很想要反駁，卻無法順利化為言語。

倘若希耶絲塔從我身邊消失的話。

我開始想像那種假設的情況……果然還是不要好了。

再怎麼樣，也不必挑今天這種場合去思考那種假設吧。

如今，應該要集中精神在等會兒要執行的作戰行動。

「希耶絲塔她才不是只有我一個人咧。」

因此，我故意開玩笑試圖將話題扯遠。

「希耶絲塔她還有夏露啊。當然更有其他同伴。我並不是什麼特別的……」

「你錯了。」

結果，夏露這時卻用莫名憂傷的口吻說道。

「大小姐她，就只有你而已。」

我不知該怎麼回應這番話，只能繼續聽著引擎聲和風聲。

◆SPES

終於抵達的研究所裡有些昏暗，我們儘管著急但依然保持慎重的步伐前進。

由於手上並沒有這座設施內部的地圖，只能憑空摸索。真要說起來，愛莉西亞……或說海拉是否真的在這裡也不確定，因此只要探索到某個程度後依然得不到成果，就得趕緊折返去跟希耶絲塔會合。

「這裡一個人……都沒有呢。」

步下往下的階梯，夏露環顧四周說。

「是啊，我都已經做好至少進行兩、三場戰鬥的覺悟了。」

然而，既然能如此輕易入侵到這裡……就代表這裡只是幌子？

這麼一來，希耶絲塔那邊中大獎的機率就很高了。

「君塚。」

夏露拉住我的袖口，用手指著一個地方說「那邊」。原來那裡有一部應該是運貨用的電梯。我靠過去一看，發現那玩意姑且還能運作。

「進去試試吧。」

我跟點頭同意的夏露一起搭電梯，往更底層的地下深處前進。最後電梯門終於打開，布滿我們視野內的景象是——

「……唔！這個是……」

一片血海。

此外，還有令人不忍卒睹的嚴重殘缺遺體四散在血泊中。

「嗚嘔……」

這種慘狀，讓即便已經習慣犯罪現場的夏露也不禁摀住了嘴。不過，就是因為這樣我們更不能馬上掉頭逃跑。畢竟，還有一名男子佇立在那邊，彷彿正君臨於這血海屍山之上。

「你這傢伙，是地獄三頭犬……？」

他是一名身穿黑色長袍的強健壯年男子。這副模樣，的確和大約一個月前交戰過的地獄三頭犬非常相似。

「……不，這是不可能的。」

關於這點，我已經跟希耶絲塔再三確認過了。地獄三頭犬在我們的眼前被殺——而動手的正是海拉。那麼，既然如此。

「你認為我是繼承了地獄三頭犬能力後，故意變身成這副模樣的海拉嗎？」

簡直像能讀出我的心事般，那名男子說道。

「很遺憾你猜錯了。我既不是地獄三頭犬，也不是海拉。」

這時，男人的姿態再度扭曲起來，緊接著出現的是——

「哈哈，對這傢伙有印象嗎？」

「……！蝙蝠……！」

「喔喔，你的反應真有意思啊。」

他的說話方式會隨著外貌而改變，簡直就像我分別面對地獄三頭犬與蝙蝠本人一樣。

「唔，你究竟是誰！」

夏露拔出手槍，將槍口對準那名男子。

對啊，就算他能幻化為地獄三頭犬跟蝙蝠，這傢伙本身到底是誰——

「我是父親喔。」

男子依然保持蝙蝠的姿態，但這回恐怕是以內在的真正人格回答我們。

「父親……？地獄三頭犬跟蝙蝠的？」

「是啊，地獄三頭犬跟蝙蝠**也**得叫我父親。」

語畢，那傢伙垂下混濁的祖母綠色眼眸，俯瞰底下堆積如山的屍體。

「……！那麼，難不成！」

夏露手裡抓著的手槍，正發出微微顫抖。

這種自由自在的變身能力，不會錯了，以前在我跟希耶絲塔、愛莉西亞面前出現的假風靡，其真實身分就是這名男子。另外希耶絲塔還曾經說過——那個冒牌貨或許才正是《ＳＰＥＳ》的老大。

「偏偏在希耶絲塔缺席的場合撞上了這傢伙……究竟是有多倒楣啊……」

不，不如說這比較像我……我的體質就是這麼容易被捲入麻煩當中。

如果我不這麼自嘲的話，恐怕就難以壓抑身體的顫抖了。

「父親才不會殺死自己的孩子。」

我模仿夏露，將槍口對準數公尺外的敵人首腦。

「你在胡說什麼啊？就因為是父親，才有資格殺死孩子吧？」

……唔，真是糟透了。海拉也是這傢伙生的嗎？感覺完全沒法溝通下去。不，是我根本不想和這種怪胎交談。

「這裡的所有人，都是我的孩子。對我所生下的孩子，想怎麼處置是我的自由。」

難道不是嗎——冒牌蝙蝠似乎真的不認為自己說的話有什麼問題，還故意不解地歪著腦袋。

「我究竟是怎麼闖進這個男人生小孩的平行世界啊。」

我故意閒扯淡，目的是拖延時間，並抓住機會拚命思考接下來該採取什麼行動——然而。

「把我當成男人或女人什麼的……你想用這種人類的區分方式套用在我身上嗎？」

「是啊，所以你的意思是你並非人類而是怪物？」

「錯了。」

這時，這名我們必須打倒的最大敵人，非常輕易地告知我們他的本質。

「我是**《植物》**。」

這唐突公布的真相，令我跟夏露忍不住對看一眼——不過，我們只看到彼此浮現困惑之色的目光而已。

這傢伙到底在胡說八道什麼？

植物？他說自己是《植物》嗎？

「當然，我會這麼說只是依照你們的分類——我是從宇宙飛到這顆星球的植物——《席德(SEED)》，既不是人類也不是怪物。」

……喂喂，他是要把故事的世界觀擴展到多大啊。

從宇宙來的植物？侵略者？

拜託饒了我吧……我們究竟是在跟何方神聖戰鬥？

「……那麼其他《人造人》，事實上也是植物囉？」

「《人造人》是你們擅自取的名稱吧。不管是我，還是這裡的大家，一開始都只是普通的植物——你們看，以前應該有見過類似這樣的東西吧？」

下一秒鐘，席德的右耳就伸出一條正在扭動的長長《觸手》狀物體。這根本就是三年前……在那架客機上的蝙蝠重現。只不過當初被我認為是《觸手》的玩意，現在想想**長得更像是植物的粗壯根部**。

「唔，所以你們的目的是什麼？《SPES》為什麼要展開恐攻行動？」

夏露質問對方，同時依然繼續用槍瞄準席德的《根》。

希耶絲塔長年追蹤調查的祕密組織《SPES》——這個字在拉丁文是《希望》的意思。結果這些傢伙，別說是希望，根本就是在散播絕望。他們信仰《聖典》這種怪力亂神的書籍，發動恐怖攻擊，不斷奪走無辜人們的性命。

「席德，快回答我。是征服世界嗎？還是長生不死？或者你是出於求知慾？搞不好只是單純的破壞衝動吧。不，可能會像海拉那樣強調這只是你的使命？喂，你的目的究竟是什麼。假使你真是從其他星球來的《植物》，對這個地球你有何企圖？」

好，放馬過來吧。我已經完全列舉出我能想到的邪惡動機了，不過，不管那傢伙怎麼回答，我都會用正論跟子彈回擊。做好這樣的覺悟後，我再度抓緊手槍的握把。

「為了活下去。」

因此，當我聽到這個毫無任何修飾的率直答案時，我一下子洩氣了……原本瞄準好的手槍也差點脫手。

「……只是為了活下去？」

「是啊，我們的目的只有一個。」

接著不知道那傢伙在想什麼，席德竟用耳朵生出的《根》切斷了自己的右臂並這麼說道。

「Surface of the Planet Exploding Seeds——我們要讓《種》覆蓋滿這顆行星。」

◆真正的凶惡

「這就是《SPES》本來的意義，也是真正的目的……」

當我還在愕然的時候，那傢伙的右臂從傷口處瞬間開始再生，接著掉在地板上的斷臂也開始構築出新的肉體。雖說尚未完全化為人形，但已經逐漸有身體的曲線起伏。

「類似插枝的原理嗎……」

「嗯，應該沒錯。」

「夏露，妳明明不懂就不要擺出一副很懂的表情點頭啊。」

「……那個，我只是因為嚴肅的場景持續太久了想稍微緩和一下而已嘛。」

別騙我了，妳基本上是個笨蛋的事早就穿幫了。

「所謂插枝，就是從母體的植株切下一部分讓它落地生根，是一種增加新個體的方法。換句話說——」

「就是植物的複製方式？」

正是如此。這也是席德自稱是所有人父親的原意。既然《SPES》底下的所有成員都是他的複製品，那說席德是《人造人》的源頭也不為過。

也是因為同一個理由，席德才能輕易化身成地獄三頭犬或蝙蝠的模樣，當然更能使用他們的能力。不，不如說那些能力原本就是席德傳給他們的。

「我是偶然飛到這顆星球的《植物》——也就是所謂的《原初之種》。而不論是動物或植物，生命最根本的慾望就是留下後代。我就是透過這種方式複製自己的肉體，在地表播種，追求種族的繁榮興盛。」

「……唔，所以你認為，這個動機足以讓你們殺死無辜的人們嗎？」

「由於會妨礙種的擴散，所以要排除身為外來種的人類，這有什麼問題嗎？」

「咕，你們才是外來種吧！」

我忍不住朝席德生出的《根》開火——然而。

「雖說誕生下來不過才幾分鐘，但守護父親的本能還是在運作啊。」

剛才自席德右邊斷臂所長出、那個像泥偶一樣的《人造人》搖搖晃晃站起來，充當肉盾擋下子彈。接著，那玩意又像斷線的玩偶一樣當場崩落。

「……你的心不會痛嗎？」

我的目光轉向倒在席德四周的那群他的同胞們。他自己宣稱要追求種族的繁榮，但他的所作所為卻背道而馳。

「這也是為了種族存續所不可或缺的犧牲。不必擔心，這些**《種》**是絕對不會白費的。」

席德說完後，從剛剛倒地的複製品體內，撿起了一顆像是黑色小石子的東西。

這跟之前海拉從地獄三頭犬左胸拔出的玩意看起來很像。

「《種》……？是指那顆黑色小石頭？」

我記得以前希耶絲塔曾說過，《人造人》是以某種核製造出來的。席德把自己稱為《原初之種》大概就是出自這層意義吧。

「沒錯。那些已經變成亡骸的同胞們的一部分《種》，如今都繼承給**那個**了。」

「……！那個是指海拉嗎……」

這就是那時變色龍所說的治療嗎……把同胞們的《種》移植給海拉……難怪到這裡來的路上一個敵人也沒遇見。

「海拉現在究竟在哪？」

聽他所言，恐怕她已不再是愛莉西亞，而是變回了海拉的人格。既然如此，就必須盡早打倒海拉，並找出單獨救出愛莉西亞人格的方法才行。

「既然不在這，那麼能想到的去處應該只有一個了吧？」

……唔，是希耶絲塔那邊嗎！

「君塚！大小姐她！」

「是啊，我明白。我們快走。」

但，正當我們準備轉身離去時。

「兩位以為可以那麼輕易就從這裡逃走嗎？」

這個聲音很耳熟，如此令人不快的禮貌口吻讓我感到似曾相識。

「變色龍……！」

是把愛莉西亞從我們面前帶走的罪魁禍首。

恐怕那傢伙現在也透過能力，讓自己隱形起來。不過，他的確是位在這個房間中。

「哈哈，看來在這裡又可以享受一番了。」

在這裡又可以？……難道說。

「君塚！」

夏露舉起槍對準看似空無一物的地方，並以視線向我示意。

「啊啊，我懂了。」

聽變色龍的口氣，他好像已經在別處打過一仗了。這也就代表，跟我們分開行動的希耶絲塔必然跟他交手過。然而，變色龍還能安然無恙來到這裡，難不成……不過不可能啊，希耶絲塔怎麼會輸給這種傢伙？

不，等等。對喔，那傢伙還能跟復活的海拉並肩作戰——

「君塚，這裡交給我。」

夏露催促我立刻趕往希耶絲塔那邊。

「我在這裡擋住他們。所以，你快點——」

「剛才就說了，無視我會讓我感到很困擾的。」

變色龍的聲音聽起來，像是在不斷四處移動。這樣別說是幹掉他了，就連那傢伙幾時會出手攻擊都無法確定。距離出口約有十公尺遠，該怎樣才能抵達那邊——

「父親講話竟敢插嘴？」

忽然，席德的身影從我們眼前消失。

「嘎啊啊啊啊啊啊啊啊！」

隨後又聽到了變色龍的慘叫聲。

到了這時，我們終於第一次目睹變色龍的樣貌。一頭銀色髮絲，亞洲人特色的平淡臉孔。這個變色龍的腦袋，正被席德的右手一把揪起來，身體浮在半空中。

「剛才是我在講話。你這臭小子打什麼岔？」

「……非、非常，抱歉……」

變色龍勉強擠出扭曲的聲音，口中還湧出了有顏色的液體。

「你這傢伙不過是充當那個的護衛才能活到現在——少得意忘形了。」

席德吐出這番話後，將被手掌揪住腦袋的變色龍狠狠摔在地板上。

他這麼做，絕對不是為了保護我們。頂多就是父親對兒子沒禮貌的懲罰罷了——不過。

「席德，你為什麼要告訴我們那麼多關於《SPES》的情報？」

追根究柢，你留在這裡的目的是什麼？為了讓海拉活下去而殺死所有同胞後，為什麼還要繼續待在這？假使席德是《SPES》的首腦，不是應該由他去親自對付希耶絲塔比較合理嗎？

對這些我理所當然會想到的疑問，席德的答案是——

「要是我偏袒某一方，計畫就無法成立了。」

他留下這番意義不明的話，倏地從我們的視野中瞬間消失。

「他當然會使用變色龍的能力囉……」

是說，他到底跑去哪了。只希望他不是去希耶絲塔那邊……

「君塚，趁現在。」

夏露舉槍瞄準倒在地上的變色龍，並催促我趁機先走。

「可惡啊……！」

然而，變色龍露出痛苦的表情搖搖晃晃站起身。接著他的身影再度變得模糊難辨，化為肉眼不可見的侵略者從四面八方狙擊我們。

「老是用同一招煩不煩啊。」

這時，夏露也**朝虛空射擊**。

「……咕！直覺很準嘛。」

那是變色龍的聲音。剛才她像是隨便亂開火的一擊，竟然掠過了敵人？

「直覺？嘿，明明是隻爬蟲類，竟然會說這麼有趣的玩笑話啊。」

夏露以眼神示意我「快走」，接著再次扣下扳機說道。

「光是聞口臭就可以猜出你在哪了。」

要是我被女人這麼說可是會一輩子都抬不起頭啊。我一邊露出苦笑，一邊將善後工作交給夏露並拔腿狂奔——就在這時。

「君塚！」

有什麼東西從空中飛來，我用右手一把接住。攤開掌心，原來是鑰匙。

我不是說過我根本沒有駕照嗎？

「總有一天你要學會載我。」

「……好吧，我會練習的。」

因此今天如果弄壞了妳的愛車，妳要原諒我啊。

◆如果還能，再次離開這座島相見的話

那之後我借用夏露的機車朝島的另一側狂轉油門。這裡並沒有居民，也沒有必要遵守交通規則，因此就算是第一次騎車也不至於有太大問題，抓著龍頭的時候我心裡只想著要盡早趕到希耶絲塔身邊，就算能節省一秒都好。

真沒想到，那個希耶絲塔會敗給變色龍這種程度的敵人。不過，如果有復活的海拉在旁助陣，又或者……

「……唔，混帳。」

不自覺就會往壞的方向想。

然而，要是希耶絲塔出了什麼事，光靠我跟夏露是無法與海拉為敵的。此外，那也代表我們救出愛莉西亞的計畫失敗了。也就是說，一旦希耶絲塔死了，愛莉

西亞就無法得救。既然如此，無論如何都該確保希耶絲塔的安全，這才是優先事項——

「……錯了，不是那樣。」

就算沒有愛莉西亞的存在，當希耶絲塔瀕臨危機——我也一定會毫不遲疑地趕去幫忙。

「這個助手被調教得很聽話啊。」

我一邊祈求能趕得上，一邊猛催夏露的愛車。

「……唔！希耶絲塔！」

分別大約兩小時後再度與希耶絲塔重逢，但她此刻正倒臥在地上。

我扔下機車，衝向好不容易找到的搭檔身邊。

「希耶絲塔！喂！」

將趴在地上的她抱起，讓她躺在我的膝上。

潔白小巧的臉龐沾滿了沙塵，我用指尖拭去並不斷呼喊她的名字。

「妳別開玩笑了啊！不是說好不可以在我不知道的情況下默默死去嗎！喂……！」

不，我不能這樣。這種時候更需要冷靜。

如今該做的事，是冷靜執行能讓希耶絲塔獲救的行動。

「恕我失禮了。」

我捲起袖子，讓希耶絲塔躺回地面並把手擱在她的胸口上。

右手疊在左手上方，伸直手臂以全身的重量用力壓下去。

「——五公分。」

如果不用力壓到胸腔深處，心肺復甦術就沒有效果。

說來奇妙，由於我那個與生俱來的體質，對他人急救我可是經驗豐富。

在感謝這個偶然的同時，我用力壓下希耶絲塔的胸口。原本身強體健的她，現在卻像是稍微壓一下就要壞掉似的，顯得那麼虛幻纖弱。

「千萬不要死啊……！」

按照一定的頻率，我持續按壓希耶絲塔的胸口。

十下、二十下……接著到三十下。

再來做兩次人工呼吸。確認她呼吸道通暢後，我用指尖捏住她的鼻子，先自己用力吸一口氣。

「請妳原諒我。」

接著，為了避免嘴沒對準目標，我保持用力睜大眼的狀態，將臉貼近希耶絲塔的唇，就在這時——

「原本完全沒預料到你會跑來這裡啊。」

那雙碧藍的眼眸突然用力睜開。

「……唔喔喔喔喂！哇啊，妳、妳這傢伙！」

我用力反仰上半身，腰都快折斷了，相反地，希耶絲塔卻是突然站起來。

「唔──真沒想到你會跑來這……我敗給你了，計畫都被打亂了。」

她說著這種莫名其妙的話，並啪噠啪噠拍掉連身裙上的沙塵。

「你對我的愛比我想像中更濃烈，這才是我誤判的原因嗎？」

「……雖然不懂妳在說什麼，不過總之我想對妳的這項分析提出異議。」

「話說回來，進行急救是沒錯，不過正常步驟應該是先確認對方是否還能自主呼吸吧？」

希耶絲塔俯視依然一屁股癱坐在地上的我並翻起白眼。

「妳這傢伙，難道打從一開始心臟就還在跳……」

「不，確實是沒在跳了。」

「那不就是已經停了嗎！」

既然如此為何要對我的急救生氣啊。

「啊啊，錯了錯了。」

這時，希耶絲塔做出擺擺手的動作。

「不是心臟自己不跳了，是我讓心臟停下來的。」

「……妳讓心臟，停下來？」

我有點不明白她在說什麼。不過，我決定還是先抓住希耶絲塔伸出的右手，藉此站起身。

「哎，還不是因為被有點難搞的敵人纏上了，我才只好裝死。」

「……雖然我們都認識三年了但還是要問一下，妳到底是何方神聖啊？」

已經完全超越了驚訝的等級，我無言到有種膝蓋發軟的感覺。

不過，難搞的敵人……事情果然是那樣吧。變色龍誤以為自己已經把希耶絲塔幹掉所以才離開這邊。

「好吧與其說難搞，不如說那個的屬性有點微妙地克制我。」

說到這，希耶絲塔刻意眨了眨一隻碧眼。

就算是這樣，妳竟然有辦法如字面意義地裝死，一般人能辦到嗎？

「妳的身體究竟是怎麼長的啊，真受不了。」

我一邊苦笑，一邊正想給她來記手刀。

「哎呀？」

……結果等我回過神，我又一屁股跌回了地上。

「怎麼啦？」

「……不，沒事。」

希耶絲塔先是不解地歪著頭，隨後。

「難道說，你鬆了一口氣後就腿軟了？」

因為發現我沒事——她這麼說的同時，眼角還微微下垂。

「喂，不要露出那種不懷好意的笑容，也不要嘴裡念念有詞啊。」

「那我可以把此刻的真正想法說出來嗎？」

「不行，不可以，不准說。就算妳說了我也不要聽。」

「我剛才想，你還真可愛啊。」

「啊——！啊——！我什麼都沒聽到！」

可惡，為什麼我非得受這種屈辱不可。我那麼拚命騎從沒騎過的機車趕來這裡……還努力幫她做人工呼吸……太奇怪了，這太奇怪了吧。

「那怎麼辦，還是讓我摸摸你的頭吧？」

「我才不要！」

「那抱抱你如何？」

「最好是！」

「照你喜歡的說法，就是把胸部壓到你身上喔。」

「這種不檢點的事，妳千萬不可以對其他男人做喔！」

「啊，可是剛才我的胸部已經被你摸過啦。」

而且摸了三十次——希耶絲塔噗哧一笑。

「太不講理了吧。希耶絲塔，妳這傢伙是想置我於死地嗎？我指的是人格方面的。」

「呼呼，捉弄你的確很有趣呢——真是太好玩了。」

「……希耶絲塔？」

她原本帶著微笑的表情，急遽籠罩上一層憂鬱之色。

看到她這種臉龐，我已經明白了一切。這三年來我一直待在她的身旁觀察她的側臉，因此不管是發生了什麼事，或是即將要發生什麼事，就算我不喜歡都不得不承認。

「希耶絲塔。」

「什麼事？」

「果然，還是讓我在妳懷裡撒嬌一下吧。」

我站起來，轉身朝向後方。

在我眼前，佇立著一名少女。

「如果你們還能活著離開這座島相見的話。」

◆再戰

「妳現在是——哪一個人？」

對回過頭後映入眼簾的這位少女，我問道。

「看這副模樣，應該不必多說了吧？」

鮮紅的眼珠，鮮紅的軍服，再加上插在腰際的數把佩劍。這不可能再看錯了，曾在倫敦跟我們拚死搏鬥的這傢伙名為——

「海拉……」

這位少女不是愛莉西亞。如今在我們眼前的，是海拉——我們必須打倒的敵人。

「看來妳的治療已經結束了吧——用同伴的生命為代價。」

希耶絲塔並排站到我身旁，同時朝海拉投以嚴厲的視線。既然她知道這件事，就代表先前變色龍也對她提過了吧。

「同伴？所謂同伴是指誰？」

海拉好像真的聽不懂般微微歪著腦袋。

就在剛剛我才看過類似的反應。那是當我質問席德殺死自己的孩子會不會有罪惡感時，那傢伙也露出了相同的表情。

「妳真的，聽不懂我的意思？」

難道這就是《人類》跟《植物》的區別？《植物》是以《種》的繁榮興盛為最優先事項嗎？

「那麼變色龍呢？妳跟那傢伙在倫敦是一起行動的吧……」

「那個只不過是當作煙霧彈，稍微利用一下的對象罷了。」

海拉若無其事地說道。

「我猜那傢伙對我也是相同的想法吧。變色龍對我這個個體根本毫無興趣。對他而言，我只不過是個穿紅色軍服的記號罷了。」

……這麼說來，當愛莉西亞的人格掌控了海拉的身體時，變色龍得花好幾個禮拜的時間才能找到她。耳朵或鼻子特別敏銳的蝙蝠及地獄三頭犬姑且不論，這些傢伙基本上並不會對其他同類個體有什麼特殊待遇。

「所以，我對你們玩的這種同伴遊戲一點興趣都沒有。」

海拉這麼說的同時，以鮮紅的眼眸冷淡地蔑視我跟希耶絲塔。

「……感覺妳好像有什麼言外之意啊。」

這時，希耶絲塔踏出一步站到我的前面，跟數公尺外的海拉展開對峙。

「妳真正想說的是什麼？」

「不，沒什麼喔。我只是在想，你們跟她好像非常親密的樣子。」

跟她……是指愛莉西亞吧。對於這點，海拉視為是一種遊戲並出言嘲諷。

「沒錯。正因如此，我們才為了拯救愛莉西亞趕來這裡。」

「我知道，所以妳要殺了我。」

下一瞬間，我突然感覺到地面隆起，接著**有幾根類似荊棘的帶刺藤蔓從地表長出來**。

「既然這樣，那我也可以殺妳對吧？」

這些荊棘鞭子的尖端很快對準了我跟希耶絲塔。

「那玩意是什麼啊……」

「代表敵人並不是笨蛋——在這座島的地層裡，一定布滿了那些傢伙的《種》。」

希耶絲塔用我剛剛才學到的詞彙分析。

「……原來如此，所以整座島都是我們的敵人囉。」

如今這整座島，都依循生存本能試圖對我們發動攻擊。正如字面上的意義，敵對的種子早就被播下了。

然而面對這位世界之敵，名偵探沒有一絲膽怯。

「不如說，當作最後一戰的舞臺再適合不過了。」

「沒錯吧？同樣也很適合妳的末日。」

就這樣，希耶絲塔的滑膛槍跟海拉的鮮紅軍刀在一直線上展開對峙。

「我將戰勝。而且，必定會實現愛莉西亞的願望。」

「不，妳一定會死在這。妳是無法拯救那孩子的。」

一發槍響，以及劍刃破風橫掃的聲音迸發而出。

這就是再戰的信號。

◆只是想被愛而已

希耶絲塔與海拉間的激烈戰鬥，已經持續十分鐘以上了。

每當地面長出的荊棘鞭子偷襲時，希耶絲塔就會用滑膛槍將其精準擊落——而當海拉趁隙將佩劍舉至腰際衝過來時，希耶絲塔又會以手裡的火銃代替長劍與其激烈交鋒。然而當我嘗試從後方進行支援射擊時……

「助手，你別礙事。」

「太不講理了吧……」

希耶絲塔擁有壓倒性的經驗與天賦，就連地形都可以為她所用，跟這位最強的敵手不相上下……不，更離譜的是她寧願單槍匹馬。

「——唔，哎真是的——拚命成這樣未免太可笑了吧。」

海拉這時終於往後退開一大段距離，不過與她的臺詞剛好相反，她正不悅地扭曲著嘴脣。

「就這麼想把主人的身分搶回來嗎？」

海拉發出嘲諷的語調，彷彿在輕蔑我們般嗤之以鼻。

不過，比起那個。

「……主人的身分？」

我反而更好奇她的發言。

至少從愛莉西亞以前說過的話判斷，按邏輯，愛莉西亞應該是從海拉此一凶惡的人格中分裂出來的。因此海拉是主人格，愛莉西亞是隱藏人格。不過，就海拉剛才的發言推測——

「——難道說，是妳強占了愛莉西亞的身體？」

真相是愛莉西亞才是主人格，海拉反而是隱藏人格嗎？

這種主從關係卻被海拉硬生生逆轉了。

「才不是強占。」

結果海拉瞇起那對紅眼說道。

「只是取代而已。」

她的態度好像是在強調，這麼做才是對的。

「這具肉體跟其他《SPES》的幹部們構造有點不一樣——原本只是個普通人類罷了。」

「什麼……？」

根據剛才在研究所聽到的話，《SPES》的所有成員理應都是從席德的插枝所誕生、類似某種人工產物……不，等一下。錯了，至少**我知道有個《人造人》就不是這樣**。

「蝙蝠……」

三年前，在一萬公尺高空遭遇的那名金髮男子，就是強行將《SPES》的能力裝在自己身上，說穿了算是一種半人造人。那麼海拉也……不對，是愛莉西亞也跟蝙蝠一樣，最早都是普通的人類嗎？

「可是，由於這具肉體的特殊性，以往一直在接受各式各樣的實驗。」

實驗——聽到這個詞彙，我頓時毛骨悚然起來。

「好痛，好燙，好痛，好燙，好痛，好燙……難受死了。這個身體的主人似乎歷經艱辛。最後，等到她再也無法忍受那些痛苦的某一天——我就誕生了。從主人的人格中分裂出來。」

……原來是這樣嗎？

這算是一種很典型的解離性身分疾患。長期遭受精神、肉體的折磨，由於無法忍受才分裂出另一個人格，藉此減輕心理創傷。而海拉，就是從這樣的愛莉西亞體內所誕生出來的另一個隱藏人格。

「這就是我跟主人之間的關係。我們共有痛苦，也分擔悲傷。我們就是靠這種方式活到現在的。」

「既然如此，我現在就立刻把妳的痛苦和悲傷全都終結。」

《白日夢》在戰場上驅馳。簡直就像無需再廢話般，希耶絲塔使勁踹了一下地面後高高彈起，以肉眼追不上的高速逼近軍服少女，接著她毫不遲疑地將槍口對準敵人。

「啊，有句話我忘了說。」

結果海拉待在原地動也不動，只是喃喃說了一句。

「共有痛苦，分擔悲傷——既然這樣，那疼痛當然也會減半吧？」

下一瞬間，海拉的腦袋就像斷線般往前垂落。

「……咦？這裡是，哪裡？」

先前那種鬼氣逼人的凶相簡直就像是幻覺似的，她雙眼圓睜，一臉茫然地左看看右看看。最後她的視野終於捕捉到。

「咦？君塚？」

發現我就在正前方不遠處，但她卻完全沒留意另一號人物已鑽入自己懷中。緊接著，那挺對準她的槍口射出了一發子彈。

「呀啊啊啊啊啊啊……！」

少女伴隨著慘叫聲當場倒了下去。子彈好像是掠過了她，只見她右肩流出了深紅色的血。

「愛莉西亞……！」

我下意識地呼喊她的名字。

「君、塚……」

……唔！果然沒錯，她就是愛莉西亞。我如此確信著，正打算衝過去時——

「不可以過來。」

結果，我萬萬沒想到開槍射擊愛莉西亞的當事者卻對背後的我這麼警惕道。

「……唔！希耶絲塔，那傢伙是愛莉西亞啊！千萬別攻擊……」

「我知道，所以剛才避開了要害。」

希耶絲塔這麼說的同時，槍口依然對準倒地的愛莉西亞不放。

「咦，妳還真好心呢。剛才要是貫穿心臟或頭部，你們就贏了說。」

霎時，希耶絲塔的腳邊長出了荊棘。

「……唔。」

希耶絲塔一發現的瞬間就抽身退回，再度並排到我身邊。而這時幾公尺外長滿茂盛荊棘的那個地方，軍服少女也按著自己的右肩搖搖晃晃站起身。

「你們竟然如此珍視這個身體的主人啊。」

這時，她隱藏在軍帽下的紅眼，再度恢復海拉那種冰冷的模樣。沒錯，現在海拉已經是主要人格，所以能自由切換她跟愛莉西亞的身分……！

「不過我可不會輸給這種天真的傢伙。這回我一定要達成身為《ＳＰＥＳ》的使命。」

海拉瞪大那對紅眼，舉起佩劍用力踹向地面，大量的荊棘也一起朝我們來襲。倘若我們試圖反擊，海拉恐怕就會將人格切換成愛莉西亞。屆時我們就難以出手了──

「啊啊，妳果然是在說謊啊。」

這時，希耶絲塔咕噥了一句。

三年前，在那架被挾持的客機上我好像也聽過類似的臺詞。一旦希耶絲塔說了這話，就代表事件將急轉直下了。

「妳說什麼？」

海拉彷彿很心虛地歪著腦袋。不過荊棘卻沒有停止動作，繼續團團圍住我跟希耶絲塔……沒想到它們一下子全都枯萎了。

「下雨了……？」

臉頰好像被水滴到，我不禁抬頭仰望天空。

有架直升機正在上空盤旋，而且還噴灑出某種液體……？

「那是除草劑喔。」

希耶絲塔答道。

「是立即見效的特製品。你放心，對人體並沒有影響。」

「妳還是一如往常地準備周到啊……」

不知什麼時候她弄來了這種對付《生物兵器》的殺手鐧。真是一種能殺死植物而又不傷害人類的好方法。另外在那架直升機上的恐怕就是風靡小姐吧。

「……！」

這時，抓著軍刀的海拉獨自斬殺過來。希耶絲塔則再度以火銃代劍應戰。

「妳剛才說什麼？我到底哪裡說謊？」

但海拉此刻握著佩劍的手已微微顫抖，希耶絲塔對這樣的敵人說道。

「我的意思是，妳根本就不想成為《SPES》吧？」

她毫不留情地告知對方這項事實。

「……我不是說過很多遍了嗎？我只是遵從命運……依照《SPES》的意志行動……唔，所以我才……！」

鮮紅的眼眸不安地搖曳起來。這是海拉頭一次表現出內心動搖的反應——而且這個破綻，希耶絲塔並沒有放過。

妳不是也說過嗎——希耶絲塔面無表情地趁勝追擊道。

「妳是因愛莉西亞的防衛本能所誕生出的嶄新人格——既然如此，妳自身就不可能具備做為《SPES》的本能。」

……！原來是這樣啊……假使先前海拉所言為真，那一開始繼承《SPES》能力與意志的就只有愛莉西亞。至於海拉，不過是愛莉西亞透過防衛反應後天製造出的人格罷了，因此，海拉根本就不該具備《SPES》的任何本能。

「因此，妳才會拚死嘗試讓自己更接近《SPES》——但妳只不過是個冒牌貨而已。」

接著，希耶絲塔用這番話將垂下頭的海拉徹底擊潰。

「……那麼。」

海拉的臉向著地面如此低語著。等她再度抬起頭，她的臉龐已燃起熊熊怒火。

像這樣的海拉我是第二次見識了。

「我是為了什麼才做這些事！我為《SPES》竭盡心力的理由又是……！」

沒錯，當時她也露出類似現在的表情。

希耶絲塔想必在一瞬間就已經察覺到這點了吧。

因此這位偵探，重新換上溫柔勸說的口吻對那位軍服少女說道。

「妳只是想被愛而已，被妳那位父親。」

◆怪物啼鳴

「——唔！」

「妳只是想被父親所愛。想獲得他人的認可，就這樣而已。」

「不對！」

瞪大雙眼的海拉，重新緊握住軍刀揮舞起來。刀刃一眨眼就逼近希耶絲塔的咽喉……幸好，希耶絲塔以輕盈的身法躲過，刀尖只能劃過虛空。海拉的動作看起來已經比最初要遲鈍許多，果然，希耶絲塔的假設完全命中了。

「那，為什麼妳會惱羞成怒呢？」

我為了牽制海拉的動作，朝她腳邊開火。

「……唔。」

海拉的表情有點扭曲，暫時抽身跳開。

「那我換個問法吧。剛才妳為什麼要切換成愛莉西亞的人格？」

希耶絲塔又一次發出質疑，她的槍口依然沒從海拉身上移開。

「老實說是不是期待這樣我就會避開要害？……不是的，妳只是想讓愛莉西亞感受到痛苦而已。」

「……好吧，這點我不能否認。因為當初我是為了分擔主人格的痛苦才誕生的，可能抱持著某種復仇心理吧。」

「對，沒錯。妳是有感情的。既不是植物……更不是怪物。」

可惜——希耶絲塔繼續說道。

「妳又說謊了。」

「……哪裡說謊了。」

「讓愛莉西亞也承受痛苦的真正理由並不是什麼復仇心——而是嫉妒。」

「——唔！閉嘴！」

海拉激動起來。等我回過神，才發現她已經舉起軍刀跟希耶絲塔打起白刃戰。

「妳嫉妒愛莉西亞。自己只能一味地承受痛苦，相反地，愛莉西亞卻有我跟助手這樣的同伴，妳非常、非常憎恨她……而且還很羨慕。」

「錯了……不對，不是那樣！」

「絕對沒錯。妳只是想被愛，想要同伴罷了。」

「閉嘴！」

海拉的紅眼發出光芒。

「**妳等下就會在原地自盡……！**」

霎時，希耶絲塔從腰際的槍套拔出手槍頂在自己的太陽穴上。

海拉的《能力》發動了。那是一種能干涉他人意識，操縱他人行動的力量。

然而——

「希耶絲塔，妳不會死。」

聽到我的話，希耶絲塔立刻放下手槍。

面對眼神動搖的海拉，希耶絲塔道出理由。

「怎麼、會……」

「很簡單。因為比起任何人——甚至比起我自己，我都更相信助手。」

希耶絲塔瞥了我一眼，接著對眼前這位無比難纏的最強敵人宣告。

「就算我的意識覺得自己要死了，他只要用確切的言語打消那個念頭，我就會毫不遲疑地相信他。道理很簡單，不過就是這樣而已。」

「……唔，那這樣呢。」

海拉將視線轉向我，但這時。

「助手，你也不會死。」

希耶絲塔立刻對我說。

這便是使我們這種奇妙搭檔關係堅不可摧的魔法。

我們兩人都相信對方勝過自己——就是這麼簡單。

不過就是如此而已。

在這三年間，無意識培養出的這種習慣，儘管極其單純卻能讓我們所向無敵。

然而，這也正是打破《紅眼》洗腦能力的唯一方法。

不論自己的意識被什麼樣的言語蠱惑，只要有個信賴感更強大的聲音對自己提醒一句，身體就能重獲自由。

說起那個聲音，對我而言是希耶絲塔——而對希耶絲塔來說就是我。

要說這樣只是缺乏主見，那我承認，但至少請用羈絆來稱呼它吧。

那是花了三年所培養——無法割捨，甩也甩不開的孽緣。

「唔！羈絆？這怎麼可能，怎麼可能……！」

我才不承認有這種東西——即便海拉想這麼說卻說不出口。

海拉的佩劍應聲掉落，她抱住自己的頭。恐怕這就是希耶絲塔事先準備好的計畫。

要救出愛莉西亞，那當然不能殺死她的肉體。既然這樣，那就只有把海拉的人格剝除才行——因此希耶絲塔抓住海拉心理上的矛盾，試圖動搖她的精神。

「對了，海拉，妳不必遵從《聖典》什麼的也沒關係，更不必繼續殺人。即便不做那些事，妳也能得到同伴。羈絆會自然而然誕生。」

我聽懂希耶絲塔的用意後，接著對海拉說道。

「沒錯，不必勉強去聽那傢伙……席德所說的話……」

然而，當我也在一旁加油添醋的時候。

「——就是因為這樣，我才不能輸。」

海拉拾起剛才摔落在地上的紅柄軍刀。

當她再次抬起頭，她的眼眸彷彿點燃了赤紅的火光。

「海拉，妳……」

「我承認。」

等海拉再度與希耶絲塔展開對峙的時候，身上已經完全看不出半點動搖。

「我是想要被愛，想讓自己被他人所需要，想要被承認我誕生的意義……不過，那個對象並不是任何人都可以，也不是隨便一個人都可以當我的同伴。我只是想被父親大人所愛而已，想得到父親大人的認可。」

所以——海拉以軍刀的尖端對準希耶絲塔。

「我會只為了這個理由而活下去戰鬥，毀滅世界——這就是我的生存本能。」

那是一種絕不會被屈服，或許可稱為某種信念的巨大惡意。

「那也無妨。」

此時此刻，能勇敢阻擋這世界之敵的，除了這位名偵探外別無他人。

希耶絲塔舉起滑膛槍接受對方的宣戰。

「《植物》枯萎，《紅眼》也被封鎖，妳剩下的就只有一把刀。差不多該做個了斷了吧。」

「因為是槍對刀，所以妳狂妄地以為會贏？」

「不，因為是我對妳，所以我充滿信心自己會贏。」

「妳這傢伙真是讓人火大啊。」

「不論是以怎麼樣的形式相遇，我們都鐵定無法和睦相處吧。」

「一點也不錯。所以，我要在此結束一切。」

海拉壓低身體重心擺出拔刀的姿勢。緊接著，她便宛如脫兔朝希耶絲塔斬殺而去——但就在這時。

「……唔，地震……？」

地面從下方唐突地出現大幅隆起，接著在轟隆聲當中地表裂了開來。大概是還有《根》沒枯萎掉……我這麼推測著，並繃緊神經做好準備——

「助手！危險！」

希耶絲塔猛然把我的身體撞飛。

下一秒鐘，地面再度出現巨大的隆起，而且還正好卡在我跟希耶絲塔之間，並使地表冒出了巨大龜裂——**有什麼東西從地層現身了**。

那玩意，是之前曾在某處見過，顏色詭異驚悚、模樣類似巨大爬蟲類的怪物。只不過這次出現的傢伙，身體尺寸遠非當初所能比擬。這隻全長絕對超過十公尺的怪物，正伴隨著地鳴發出響亮啼叫，接著——牠發現目標了。

「希耶絲塔……！」

牠是復活的《生物兵器》——參宿四。

那傢伙沒有眼球的頭部，並不是朝向我而是對準了希耶絲塔那邊。

「咕，我在這裡啊，怪物……！」

我狂扣麥格農手槍的扳機直至子彈用盡為止……然而，參宿四看起來似乎不痛不癢，只是繼續朝著對岸並從巨大的下顎滴落口水。

「是肚子餓了嗎……？」

對喔，參宿四是啃食人類心臟的怪物。

對岸有希耶絲塔跟海拉這兩個人類——飢腸轆轆的怪物，不過是優先考慮食物多的那邊罷了。

「希耶絲塔！」

被巨大怪物阻隔的另一頭，可以窺見那位銀白色秀髮的少女。隨後，怪物那宛如鯨魚叫聲的低沉轟隆聲大作——霎時，一朵巨大的鮮紅花朵「啪」地綻放開來。

在最後一瞬間跟我四目相交的她，看似露出了笑容。

◆致世界上我最○○的你

「所謂被自己養的狗咬了一口，就是指這種情況吧。」

煙塵散去後，映入我眼簾的——是即便剛才如此凶猛粗暴，現在巨大身軀卻橫躺在地上的參宿四，以及腳踏在那隻怪物頭上的海拉。

另外就是——

「希耶絲塔……」

我那位左胸流淌鮮紅血液的搭檔，正仰躺在地上。

「本來應該待在研究所隔離才對，大概是被餌食的氣味吸引過來了。」

海拉這麼說著，同時將軍刀插入參宿四的脖子。怪物看起來已經斷氣了。

「啊，**希望你暫時待在原地不要動**。」

海拉的《紅眼》亮起光芒……我的腳步停下了。原來在連我自己都沒察覺到的情況下，我就已經試圖衝向希耶絲塔身邊。

「失血，好像有點太多了……」

在被能力阻擋的我面前，海拉正搖搖晃晃走向希耶絲塔。仔細看海拉的左胸也被挖開一大塊，暗紅色的血液從傷口不斷流出。

「那麼。」

緊接著，海拉朝倒地不起的希耶絲塔伸出手。

「……唔，不准碰希耶絲塔！」

我想要衝向海拉……但，身體就像被石化一樣動彈不得。要解除《紅眼》的洗腦，就必須有個打心底信賴的人在一旁提醒才行……而那個人，現在已經不在了。

「心臟又受傷了，得換顆新的才行。」

海拉這麼咕噥著。沒錯，海拉曾化身為《魔鬼傑克》，在倫敦不斷掠奪心臟。那是為了尋找哪顆心臟最適合自己身體的試誤實驗。而如今，海拉為了幫自己被參宿四攻擊的破損心臟更新——正準備使用希耶絲塔的心臟。

「……咕，住手！想要心臟的話我給妳！千萬不能對她……對希耶絲塔……！」

「我之前就說過了吧。」

海拉霎時停止動作，對我瞥了一眼。

「你遲早會變成我的搭檔。所以，一定要珍惜自己的生命……懂嗎？」

海拉說完瞇起那雙紅眼——用自己的右臂，貫穿希耶絲塔被染成赤紅的左胸。

「快住手……！」

但我的身體還是動不了。只能在眼睛都無法眨一下的狀態下，目睹這齣慘劇。

「名偵探的心臟就由我收下了。這麼一來，我將變成獨一無二的存在。」

接著，海拉從希耶絲塔的屍塊中抽回右手。

她掌心上盛著一顆還在跳動的心臟。

「希耶、絲塔……」

當著只能愕然注視的我面前，海拉首先將手伸入自己已經被挖開一個洞的左胸，取出舊的心臟。接著她毫不遲疑地將其捏碎，以希耶絲塔的心臟塞入自己的左胸替代。而這顆新的心臟猶如一開始就該待在那個位置般，倏地沒入她的身體。

僅僅不過如此。

只憑這麼簡單的動作，希耶絲塔的心臟就被海拉奪走了。

「終於取得配得上這個身體的心臟了。之後父親大人一定會……」

海拉滿足地喃喃說著，對希耶絲塔的遺骸看也不看一眼。隨後她轉身仰望後方的天空，那裡已浮現一輪慘白的明月。

「希耶絲塔……」

我在強烈的虛脫感中，走向希耶絲塔身邊。大概是目的已達成之故，海拉的心靈控制也解除了。我幾度被破碎崎嶇的地面絆倒，最後終於抵達搭檔的遺體跟前。

「希耶絲塔。」

我雙膝跪倒，抱起那血跡斑斑的遺體。她的身體是那麼嬌小、纖細。這回，不必再檢查呼吸也知道希耶絲塔已經死了。我用手掌幫她闔上無法瞑目的雙眼，並以指腹拭去濺到白皙臉龐上的鮮血。

「希耶絲塔。」

我再度呼喚她的名字。

沒有回應，這是理所當然的。

偵探已經死了。

「……嗚………………！」

本來以為我不會哭的。畢竟，這傢伙既不是戀人也不算朋友，只不過是彼此利害關係一致的工作夥伴。希耶絲塔這個人，對我來說並沒有什麼特別的。

可是，為什麼呢？

不論怎麼擦，希耶絲塔的臉龐都不斷被水滴沾溼。

「……對不起。」

我以顫抖的手，輕撫希耶絲塔躺在我臂膀裡的頭。

然而，希耶絲塔果然還是什麼也沒回應。

「還來。」

因此，我代替她向海拉要求。

讓希耶絲塔的遺體輕輕躺回地上，我絞盡殘餘的力氣站起身。

「還來？還什麼？」

海拉轉過身，似乎覺得很不可思議地歪著頭。

「那顆心臟是屬於希耶絲塔的，還回來。」

「這可沒得商量。這顆心臟已經是我的了。」

海拉說著並將手放在左胸上。

一瞬間，我內心好像有什麼繃斷了。

「不准用妳的髒手碰希耶絲塔……！」

等回過神，我的雙腿已經自己動了起來。這具身軀，以及骨骼、肌肉、鮮血，都無法容忍那傢伙繼續活著。我抽出小刀，撲進海拉懷中。

「真搞不懂你啊。」

海拉用軍刀的護手擋開小刀，同時皺眉。

「我們剛見面時，你應該說過吧——你是那種只相信自己的人。」

我的刀刃揮舞了無數次……但就在過程中，海拉彷彿很無奈地用佩劍砍向我的右臂，我的小刀因此脫手落地。既然如此，我就改用左手的拳頭。

「……真拿你沒辦法。**你的拳頭根本碰不到我**。」

海拉的《紅眼》再度亮起，我的身體又動彈不得了。

「而且現在，你都已經渾身是血了，卻只有緊握的拳頭還不肯鬆開。想狠狠揍我一頓的你，布滿血絲的雙眼竟比我的眼珠更紅。」

那是為什麼呢——海拉問。

「這股憤怒來自何方？這就是剛才你……你們所說的，羈絆嗎？」

你——海拉再度質問我。

「你究竟是她的什麼人？」

我高舉的拳頭無法再往前移動。大概是失血過多的緣故感覺有點腿軟，在這種狀態下，我鞭打不肯工作的腦袋努力思考。

我究竟是希耶絲塔的什麼人。

就算海拉沒問，我長期以來都在思考這個問題。

對希耶絲塔而言，我算是怎樣的存在。

可惜，事到如今已無法得知了。亡者不會開口說話。希耶絲塔對我是怎麼想的，我已經永遠失去了揭曉答案的方法。

——就算這樣好了。

我以恍惚的腦袋思索著。

那假使反過來問，答案又是如何？

我是怎麼看待希耶絲塔的？

那一天。

在距離地面一萬公尺的高空上我們邂逅了，這三年來持續不斷地旅行著。

……老實說，我都快煩死了。

由於我這種容易被捲入麻煩的體質，我比誰都更喜愛平凡的日常，希望能一直沉浸在溫吞安逸的生活中。結果卻被那傢伙強制拖出來——本來以為只是在校慶園遊會跳出窗子從天而降，但最後卻是跳進了這種非日常的旅程中。

拜託饒了我吧——我都不記得自己有幾次對神……對名偵探這麼祈求了。

喂，妳知道這三年我有幾度瀕臨死亡關頭嗎？

受了幾次傷，捲入幾場槍戰，三天三夜粒米未進，在有熊出沒的山上野營，追蹤殺人魔，被綁架，被監禁，與《人造人》戰鬥，與《生物兵器》戰鬥，遇到一大堆不講理的情況，被搭檔臭罵「你這傢伙，是笨蛋嗎」——

另外，還不知道笑了幾次？

或許別人不知道吧，希耶絲塔雖然總是裝作一副冷靜的樣子，但其實笑點很低。而且她很少讓我看見她直率大笑的樣子，每次只要一想笑，就刻意把臉背對我，花了整整數十秒才把臉轉回來說——「你這傢伙，是笨蛋嗎」。而我看到她這種反應，總會忍不住笑起來，直到希耶絲塔不爽為止，這幾乎是固定的流程了。那傢伙的性格，真是意外地孩子氣啊。

自己可以捉弄別人，反過來就不行。不擅長撒謊，也不擅長與人來往。早上爬不起來，睡午覺也爬不起來。愛打瞌睡，食量大。我買來的兩個蛋糕，如果被我先挑選她就會生氣，甚至最後兩個都被她吃掉。看她吃得很幸福的樣子，我不禁露出傻笑，她見我這種反應，就會用叉子叉起草莓倏地塞到我嘴邊。

希耶絲塔就是這樣的傢伙。

跟世界之敵戰鬥的名偵探？

這並非希耶絲塔的本質。

沒錯。

我只是覺得希耶絲塔是個有趣的傢伙，所以才跟她一起行動罷了。

在這三年間，艱辛、痛楚、苦澀的滋味我的確嘗到不想再嘗了。

然而，在這一千遍的不講理當中，我卻笑了一萬遍。

跟希耶絲塔，一起開懷大笑。

「我跟希耶絲塔究竟是什麼樣的關係？

我是怎麼看待希耶絲塔的？」

這些問題的答案，打從一開始我就非常清楚了吧。

全身的力量恢復了。所謂的腎上腺素爆發大概就是這麼回事。我的骨骼發出摩擦聲，肌肉顫動，血液彷彿要沸騰。但這些我都毫不在意，就算弄壞了身體也沒關係——我只不過，在此時此刻，想為希耶絲塔報仇罷了。

「洗腦，被突破了……」

瞪大一雙紅眼的海拉身影，重新回到我的視野。

緊接著我死命揮動被鮮血沾溼的左臂，同時大喊出那再也無法傳達給搭檔的思念。

「她當然是這個世界上我最重要的人！」

我緊握的拳頭已逼近海拉，她的臉孔近在咫尺了。

但就在即將擊中前——

「雖然很感謝你這番愛的告白，不過你打算傷害心愛的人的臉龐嗎？」

一個聽來讓人莫名懷念的嘲諷說話聲，在我耳邊響起。

◆再一次，前去與你相會

霎時之間，我還搞不懂這個說話聲是從哪發出的。

「……嘎？」

而海拉本人似乎也是如此，只見她面無表情地歪著腦袋動也不動。

可是，剛才發生的事的確非常奇怪。

那個謎樣的說話聲，跟如今佇立在我眼前的這號人物，音質是幾乎一致的。

所以這到底是什麼情況？

當我的腦海像這樣被問號填滿時，佇立在眼前的軍服少女，手裡的佩劍也頓時脫手落地。然而，對這個明明是她自己做出的動作，她本人卻露出了吃驚的表情。

那簡直就像從剛才開始，她的嘴巴跟身體就不聽自己的意志使喚一樣。

「什……麼……這個是。」

海拉的臉發出痙攣。

緊接著下一秒，她右邊的眼珠由赤紅轉為碧色。

「希耶絲塔，是妳嗎？」

海拉的左半張臉依舊充滿驚愕，但另一半張臉，卻直直地凝視著我。

這下子我終於確信——希耶絲塔還活在海拉的身體裡！

「這種，蠢事，怎麼，可能……」

海拉的紅色眼珠，試圖瞪著就在隔壁的藍色眼珠。

「無法，原諒……竟然，擅自……把我的身體，搶走……」

「閉嘴。現在是我在跟他說話。」

語畢，眼前的她緊閉上雙眼。等再度睜開眼時，她的兩邊眼睛都變成碧色了。

「希耶絲塔，妳……」

「害你哭了呢。」

沒錯了，她就是希耶絲塔。

儘管是借用海拉這一仇敵的身體，至少希耶絲塔可以跟我對話。

此一事實令我的雙腿顫抖，眼角更猛然一熱。

希耶絲塔，還活著。

「希耶絲塔，我……」

「助手，快沒時間了仔細聽好。」

但希耶絲塔並沒有沉浸在重逢的喜悅中，而是對我繼續說道。

「老實說，我的心臟是**特製品**喔。舉個例子，我可以把自己的意識保存在心臟中，即便像這樣進入他人的身體也能繼續維持自我。」

「這……」

聽起來很接近記憶轉移的現象。在器官移植的時候，曾出現捐贈者的記憶和興趣嗜好被受贈者繼承的案例，這種事在世界各地都出現過報告。

海拉奪取希耶絲塔的心臟後，希耶絲塔的記憶和意識也以半移植的形式進入了海拉的身體中。因此就像現在這樣，希耶絲塔可以借用海拉的身體說話——

「我雖然制定了許多策略，但要在真正的意義上打敗海拉果然還是很難。」

「……！希耶絲塔，所以妳才！」

「嗯，只能用這招了。**我入侵海拉的身體壓制她的意識**，這是唯一一個可以對抗海拉的手段。」

……唔！照這麼說的話，剛才希耶絲塔是故意的……她早就知道自己會死！

怎麼可能，這種事太愚蠢了吧！

「我不是說過很多次嗎？真正的名偵探是在事件發生前就預先解決了——因此最後結果會這樣，我很久以前就預判到了。」

「這種事，這種事，怎麼可以！妳竟然打從一開始就……」

打從一開始，就眺望到了終點嗎？

既然如此那為何……為何不……

「如果我先說了，你就會阻止我啊。」

希耶絲塔用海拉的臉孔露出寂寞的笑容。

「有件事想拜託你。」

「……不要。」

「聽我說。」

「我拒絕。」

「你這傢伙，是笨蛋嗎？」

現在不是逞強的時候了——說到這，希耶絲塔伸出手摸了摸我的頭。

「我潛入這個身體，壓制海拉凶惡的意識。這麼一來，愛莉西亞的人格一定會再度從這個身體裡覺醒。」

「……！愛莉西亞!?」

「嗯。畢竟這個身體繼承了地獄三頭犬的能力……這麼說你懂了吧？」

……原來是這麼回事啊。神話中的地獄看門犬有三顆頭，也就是說在這個身體裡一共可以擠三個人。除了愛莉西亞跟海拉，現在又加上了希耶絲塔。

「或許她又會失去記憶也說不定。但即便如此，我還是希望你能尋求她的協助——將來總有一天要打倒《SPES》。」

這才是希耶絲塔所準備的真正祕計。

除了打倒海拉還要單獨保存愛莉西亞，這是唯一一個高明的辦法。

「唔！可是，這麼一來妳又該怎麼辦？愛莉西亞的人格醒來後，妳的意識就會跟海拉一塊消失吧！我不允許……這種事我絕對不允許！」

為了救出愛莉西亞而犧牲希耶絲塔，這不是我想要的解決方式！

不論什麼樣的形式都行，就算變成我的敵人也行。

只要妳、妳的意識依然繼續存活在某處，那我就能接受。

因此，我不允許妳擅自這麼做！

「就知道你會這麼說。」

希耶絲塔再度露出空虛的笑容。

「不過，放心吧。愛莉西亞擁有我所缺乏的東西，你一定可以跟她順利共事的。」

回想看看那兩週的時光——希耶絲塔溫柔地告訴我。

「唔，不要擅自把話題推動下去！我根本還沒……」

但，就在這時，我的雙腳突然發出劇烈顫抖。

是失血過多的緣故嗎？不，不是……有什麼東西這麼香？

我突然有種心情舒暢的感覺，大腦也陷入一片朦朧。此外在模糊的視野前方，自《生物兵器》參宿四的屍骸中，綻放出了好巨大、好巨大的花朵。

是花粉。

氣味香甜的花粉，乘風飄了過來。

「……這也算是一種緣分吧。」

都已經是三年前的事了呢——希耶絲塔彷彿很困窘地笑道。

三年前……對喔。在三年前的那場校慶園遊會中，發生了《花子同學》事件。在我所就讀的中學大為肆虐的那種藥物源頭——正是這花粉。

「所以那種藥是從那傢伙屍體長出的花提煉的嗎……」

既然這樣，那等下會發生什麼情況，就算我拒絕也不得不承認了。

「不要……我不想、忘記……」

攝取這種花粉後最先出現的副作用——就是記憶障礙。而我現在吸了這麼多花粉，相當於服下大量藥物。搞不好，這三年間的記憶，包括關於希耶絲塔的事，全都會——

「你放心吧。」

借用海拉肉體的希耶絲塔或許是擁有對花粉的抗藥性吧，她依然可以用自己的雙腿站立，還有餘力攙扶腿軟的我。

「嗯，或許會稍微忘掉一些經過也說不定……好比，剛才在這裡發生的事，以及我所說的內容等等。」

但即便如此——她帶著微笑說道。

「你是不會忘掉我的，也絕不會放棄使命。你會一邊嘆息著『太不講理了』，一邊跟愛莉西亞繼續工作下去。」

「這種事，不可以……我拒絕……」

我已經無法保持站姿，只能癱軟地蹲在原地。我的視野越發變得狹隘，能聽到的聲音也越來越遙遠。

「我就是，妳的助手……不可能……成為其他人的，搭檔……」

「……哈哈，謝謝你最後還說了這麼令人開心的話。」

她把手擱在癱坐於地面的我肩上，果然還是露出了那種柔和的微笑。

這也是花粉副作用所帶來的幻覺嗎？本來那張臉應該是屬於仇敵海拉的，但如今映入我眼簾的，的確是三年來常相伴於左右的搭檔的臉。

「我不想，忘掉……對妳，我……一直……」

「我不是說了會沒事的嗎？因為比起自己，我們都更加信賴對方。」

「……所以，妳要我，相信……妳說的話？」

「對極了。至今為止，我有出過錯嗎？」

……是啊，沒有。一次也沒有。

無論哪一次妳都是正確的。簡直正確過頭了。

所以我才希望——妳偶爾能猜錯一次。

然而，我的喉嚨已經發不出那些言語了。

「雖然等下次你睜開雙眼時，我一定已經不在了。」

堅強地活下去吧。

是我的錯覺嗎？希耶絲塔看似在哭泣。

那傢伙應該是不會哭的才對。

是因為身體不是自己的嗎？

豆大的淚珠不停自臉頰滑落，希耶絲塔揪住我的雙肩叫喊著。

「——聽好囉？

——我是不會忘記你的！

——就算意識被凶惡的敵人奪走，我也絕對不會忘記你！

——或許，這會花上好長一段時間！

——可能是一週！

——可能是一個月！

——也可能是一年！

——那恐怕將是很漫長的一段時間！

——但我一定會！

——用這個身體再一次前去與你相會！

——我絕對，絕對會！」

聽到這，我的身體終於完全倒向了地面。

最後在眼裡的希耶絲塔臉龐，是一張被淚水濡溼的笑容。

【Side Siesta】

距離我的意識完全消失，僅剩下些許時間。

我摸著沉睡在我膝上的助手的頭，度過這最後一段時光。

助手的臉頰上有兩道清晰的淚痕，睡得就像個孩子一樣。

「你這傢伙，是笨蛋啊。」

用食指戳了戳他的臉頰，充滿彈性的肌肉把我的手指推了回來。真是的，這簡直不是小孩子而是嬰兒了。

「……所以，我當初才想跟你在那艘船上道別啊。」

助手一定會哭，為了我而哭泣。

所以老實說，我並不想讓他目睹我的臨終……在航向這座島的小船上，我已經做好跟他正式告別的打算了。結果，他卻一路追著我的蹤跡到這裡。應該沒惹夏露生氣吧？

真是的——

「你這傢伙，會不會太喜歡我了啊？」

之前我曾開過這樣的玩笑，於是我又用拇指指腹撥開助手的前髮。為什麼他還能露出這麼可愛的睡臉呢，這讓我興起一股無名火，但最後我還是淡淡地一笑。

「對不起。」

雖然我很清楚你聽不見。

「最後還是先你一步死了，真抱歉。」

但即便如此，該說的話還是得說。

「我之所以會想出這麼無謀的手段，老實說還有一個理由。」

就是在倫敦，你為我舉辦康復慶祝會時。

你還記得嗎？

愛莉西亞在那個場合說——將來想去真正的學校上學。

因此，我決定實現她的心願。

「光是要打倒敵人不難，單純殺掉對方也很簡單。但這麼一來她——愛莉西亞所說的……」

想活下去，想去上學。

所以我賭上了自己的性命……先吞下慘敗，再收下勝利。

那都是為了讓愛莉西亞以這個身體甦醒後，還能去上學的緣故。

咦？你問我為何要做到這種地步？那還不是因為——

「維護委託人的利益，正是偵探的工作。」

我如此回答著等助手醒來後一定會提出的疑問。

「不過，要等心願實現可能得花上不少時間。」

要讓愛莉西亞上學，或者說過著普通的日常生活，得先讓她的精神維持穩定才行。儘管是另一個人格所引發的事件，但要是被她知道自己這雙手曾殺死人，她可能會無法承受吧。

因此首先要針對這部分進行心理治療與記憶修正，然後也有必要為她製造一個新的身分。關於上述工作，我已經交給那位紅髮女刑警負責了。現在她應該正趕去夏露那邊提供支援，但想必很快就會回來載我跟助手才是。

「我還拜託她一件事，但那恐怕需要騙你，請你不要生氣。」

具體的內容，是當我打倒海拉後，《SPES》的威脅暫時解除了。且愛莉西亞也平安無事，正在遙遠的國度過自己的生活。我拜託女刑警對你說這些話……因為如果不這麼做，你知道的，你恐怕會魯莽地獨自去挑戰《SPES》吧。

所以在一切準備工作完成前……儘管時間很短暫，但還是希望你能重返平靜的日常生活。

那正是你所憧憬的平凡、舒坦，且和平的每一天，希望你好好享受。

「這三年來把你耍得團團轉，真是對不起。」

我再度撫摸起助手的頭。

這一定是最後的機會了，我想，因此我不忍收手。

「跟你總是在吵架。」

一回想起來，浮現在眼前的就是你喃喃說著「太不講理了」，同時發出嘆息的側臉。

我真有那麼不講理嗎？我只會造成你的困擾嗎？雖然先前一時興起，說了「你這傢伙會不會太喜歡我了啊」的話，但老實說會不會全是我的誤解？……我突然有點不安起來。

「不過，至少我感到非常快樂。」

要是我這麼說了你一定會笑我吧。或者你會氣著要求我保持原本的人設……總之，這已經是最後一次了就包容我吧。

跟你共享的蘋果派，比一個人吃的時候更甜美。

跟你在廉價公寓一起生活時，總覺得就好像一對同居的情侶一樣。

在賭場的時候也很歡樂呢……啊，但我記得你好像輸得很慘。

這麼說來，過去我身穿婚紗的那張照片，你現在還會偶爾拿出來欣賞吧？關於喝酒，之前那是我第一次也是最後一次了吧。喝成那樣還真是失策咧……

明天要幾點起來？要吃些什麼？要去哪裡？會不會有新的委託工作進來？如果是尋貓之類的輕鬆差事就好了。

對了，我在之前曾路過的那間店，發現了很棒的茶杯。下次一起去買來，沖美味的紅茶兩個人一塊享用。

放心吧，喝杯茶的空閒時間還是有的。就這樣再來是後天、一個禮拜後、一個月後——

「一個月後，還是想跟你一起享用紅茶啊。」

想看你抱怨「太不講理了」，同時一邊嘆氣的側臉。你的……你的笑容，不論看幾次都不會膩呢。

「我一點、也不想死啊。」

不過，我會守護的，守護你。

那正是我的使命——畢竟，名偵探就是一種維護委託人利益的存在。

當初，我們曾這麼約定過吧——我會守護你。就算你因為這種體質而被捲入事件或麻煩中，我也會挺身保護你。

所以，你可以像現在這樣安心入眠了。用這張一不小心就會讓人覺得有點可愛的睡臉，優遊在夢中。放心吧，將來總有一天，會有某個人把你叫醒。

而且那個人會代替我，將你**緊摟在懷中**。

「結果，最後還是沒機會給你看，真抱歉。」

到了這時，我才取出在先前戰鬥過程中，悄悄從海拉軍服那偷來的紅色緞帶，繫在自己頭上。不知道她在一年後，是否也會戴著這個去見你。

「……對了，還得想個名字。」

這是用來封印海拉意識的最後一道詛咒。

只要和這個新名字產生聯繫，這具肉體就能重獲新生了。

「海拉——傳說中那個統治冰之國的冰冷女王名字。」

既然這樣，至少新的名字應該要更溫暖、更能融化人心。

跟愛莉西亞那如夏日陽光般耀眼的笑容更相稱的名字。

「喂，助手。」

我最後一次呼喚他。

「請你記住，將來把你從沉睡中喚醒的人名叫——渚，夏凪渚。」

偵探已經，死了。

偵探已經，
死了。

浮文字

偵探已經，死了。2

（原名：探偵はもう、死んでいる。2）

著　者／二語十
插　畫／うみぼうず
譯　者／Kyo
執行長／陳君平
榮譽發行人／黃鎮隆
協　理／洪琇菁
總編輯／呂尚燁
美術總監／沙雲佩
執行編輯／楊國治
美術編輯／陳聖義
國際版權／黃令歡、梁名儀
文字校對／施亞蒨
內文排版／謝青秀

出　版／城邦文化事業股份有限公司　尖端出版
台北市中山區民生東路二段一四一號十樓
電話：（〇二）二五〇〇—七六〇〇
傳真：（〇二）二五〇〇—二六八三
E-mail：7novels@mail2.spp.com.tw

發　行／英屬蓋曼群島商家庭傳媒股份有限公司城邦分公司　尖端出版
台北市中山區民生東路二段一四一號十樓
電話：（〇二）二五〇〇—七六〇〇（代表號）
傳真：（〇二）二五〇〇—一九七九

中彰投以北經銷／楨彥有限公司（含宜花東）
電話：（〇二）八九一九—三三六九
傳真：（〇二）八九一四—五五二四

雲嘉經銷／智豐圖書有限公司　嘉義公司
電話：（〇五）二三三—三八五二
傳真：（〇五）二三三—三八六三

南部經銷／智豐圖書有限公司　高雄公司
電話：（〇七）三七三—〇〇七九
傳真：（〇七）三七三—〇〇八七

香港經銷／一代匯集
香港九龍旺角塘尾道六十四號龍駒企業大廈十樓B&D室
電話：（八五二）二七八三—八一〇二
傳真：（八五二）二五八二—一五二九

新馬經銷／城邦（馬新）出版集團Cite（M）Sdn. Bhd.
E-mail：cite@cite.com.my

法律顧問／王子文律師　元禾法律事務所
台北市羅斯福路三段三十七號十五樓

二〇二一年八月一版一刷
二〇二三年三月一版五刷

■中文版■

郵購注意事項：
1.填妥劃撥單資料：帳號：50003021戶名：英屬蓋曼群島商家庭傳媒(股)公司城邦分公司。2.通信欄內註明訂購書名與冊數。3.劃撥金額低於500元，請加附掛號郵資50元。如劃撥日起 10～14日，仍未收到書時，請洽劃撥組。劃撥專線TEL：(03)312-4212 ・ FAX：(03)322-4621。E-mail：marketing@spp.com.tw

國家圖書館出版品預行編目(CIP)資料

偵探已經，死了。2 / 二語十作. Kyo譯. -- 1版. -- 臺北市
: 城邦文化事業股份有限公司尖端出版 : 英屬蓋曼
群島商家庭傳媒股份有限公司城邦分公司發行,
2021.08-
面； 公分
譯自 : 探偵はもう、死んでいる。2
ISBN 978-626-308-887-0 (平裝)

861.57 109019769